JN168202

写真２　明見岩のペトログラフ　〈第三章 p.108〉

写真７　神倉神社（2011年8月30日）〈第六章 p.182〉

写真９　土釜（2012年８月27日）
〈第六章 p.187〉

写真10　八倉比賣神社（2012年８月25日）
〈第六章 p.188〉

写真11　米国カリフォルニア シャスタ
マクラウドの滝　〈終章 p.254〉

日本の目覚めは
世界の夜明け

～今蘇る縄文の心

長堀　優

はじめに　――縄文の「靈性」を呼び覚ます

今、世界は大きな分岐点にさしかかっています。

物質的な豊かさや、経済効率を追い求めてきた先進国の社会システムは、私たちの生活を格段に便利なものにしてくれたことは間違いありません。しかし、その一方で、モノに溢れた裕福な社会が、人々の心に安寧をもたらしたのかと言えば、大いに疑問が残るところです。それは、世界的な貧富の差の拡大や資源の枯渇、先進国における荒れた世情を見れば明らかです。

将来に目を転じても、モノが有限である以上、飽くなき欲望のままに、自分が手に入れることだけを考えていては、今の社会、経済システムが長く続くわけはありません。環境もエネルギーも医療ももはやまったなし、いつ破局が来てもおかしくありません。

現代の社会は、沈みゆくタイタニック号のデッキで椅子とりゲームでもしているようなもの、とも表現されます。いまや、人類は、モノに振り回され、本来の生き方を見失い、魔法使いの弟子のように、自分たちの手で生み出したものに、自分たちが追い回されるような状況を作り上げてしまったのです。

残念ながら、モノや金の充足は、心の平穏にはつながらなかったようです。「足る」ことを知らない欲望は膨れ上がりつづけ、人と人、国と国との争いを引き起こすばかりでなく、時として自分自身をも追い詰めていきます。そして、ついに我が国は、毎年の自殺者が3万人を超えるような社会になってしまいました。

しかしながら、ここまで情勢が切羽詰まり、先が見通せない状況になってはじめて、わずかながらではあっても、変化が起き始めたように私には感じられるのです。

人間を真に幸せにするのは、どうやらモノやお金ではないらしい……、そのことに、今、少なからぬ人が気付き始めているのではないでしょうか。

物質文明の限界が見え、これまでの常識が通用しなくなってきた今、混沌とした視界の中に、私には、進むべき一筋の道が見え始めてきたようにも思えます。

「大切なものはね、目には見えないんだよ。目では見えない、心で探さないと」(サン・テグジュペリ『星の王子さま』)

サン・テグジュペリは、物質至上主義が跋扈《ばっこ》し、心がないがしろにされる世の行く末を見通していたかのようです。この言葉は、人生で本当に必要なもの、これからの世界で必要とされる心構えを、簡潔に言い表しているように感じます。

あの東日本大震災の日、鎌倉市に住んでいた私は、停電で暗闇となった町を歩いて帰宅しました。途中通りかかったコンビニを覗いてみると、真っ暗な店内では、買い物客たちが、静かに並んで順番を待っていました。さらによく見ると、なんとレジでは、懐中電灯のわずかな明かりの下でお釣りの受け渡しをしているではありませんか。

自分の家のことが心配であるはずなのに、暗い中で仕事を続ける従業員も、イライラすることなく黙って長い列に並ぶ客たちも、どちらもお見事な態度でした。店の片隅の商品を黙って持っていくことはできたでしょう。しかし、見ていた限り、そのような人は誰もいませんでした。私には、大地震で心身に受けた激しい衝撃を、取り乱すことなく皆で静かに共有し、労りあい、癒しあっているような空間にも思えたのです。

このような日本人の行動は、鎌倉だけではありませんでした。おなじように胸を打つ光景が、被災地のあちこちでもみられ、後に世界に報道されるや大絶賛を浴びたのです。日本では、皆が〝ごく普通に〟行うことが、世界的に見ると、全く普通ではなかったのです。世界から集まった称賛に、一番戸惑ったのは日本人だったのかもしれません。

かつて救命救急センターを備える大きな病院に勤務していた時のことです。

深夜、バイクと乗用車の接触事故により、重傷を負った患者さんが搬送されてきました。全身打撲による出血のため血圧が極端に下がっていました。救急待機当番であったため連絡を受けた私はすぐさま登院し、救急部のドクターとの協議に入りました。そして、腹部臓器からの出血が確認されたため、緊急で開腹手術が必要との判断に至りました。

術前の説明にうかがうと、目に涙をいっぱい溜めた奥さんと、２人の娘さんが私のほうを見ました。上のお子さんは10歳前後、下のお子さんは幼稚園か小学生の低学年くらいで、当時同じような年頃であった私の２人の娘の姿と重なり、まったく他人事とは思えなくなりました。

ご家族へはすでに、たいへん危険な状態であることが伝えられていました。私からは、手術の必要性と全力を尽くす由を、手短に説明するにとどめました。すると、夜中にもかかわらず、奥さんに引き続いて年長の娘さんが立ち上がり、しっかりと健気に〝お願いします〟といってくれたのです。私は、その姿に強く胸を打たれました。その傍らで、眠そうに呆然とする幼い妹さんの姿が痛々しい限りでした。この娘さんたちのためにもなんとか皆でがんばらなくては、と私は決意を新たにし、一礼を捧げ部屋をでました。

いよいよ出棟時間となり、〝おとうさん、がんばってね〟という家族全員からの励ましにしっかりと答えながら、患者さんは手術室に入りました。手術が始まり開腹すると、出血源は脾臓という比較的小さな臓器であることがわかりました。傷ついた脾臓を取り出すことにより、止血は短時間で終えることができました。しかし、手術を終え、輸血を行っても低下した血圧が戻ることはありませんでした。出血は、腹部だけではなく骨盤の骨折部からも続いていたからです。

他の療法により迅速に出血のコントロールを図らなくてはならない状況でした。大至急で手術室からＩＣＵ（集中治療室）に引返しましたが、皆の努力も虚しく、血圧、脈拍ともに下がり続け、残念ながらもう次の処置が行える状況ではなくなりました。

主治医である救急部のドクターが、ご家族を呼びいれ、これ以上手だてが残されていない状況を説明すると、奥さんは立っていられなくなり、力なく座り込んでしまいました。すると、驚いたことに、まだ幼い顔の年長の娘さんが、〝おかあさんしっかり、おかあさんがしっかりしないと〟といって母親を抱き上げようとしたのです。なんとしっかりした頼もしい娘さんであることでしょう。普段の家庭生活でのしつけが偲ばれる思いがしました。

しかし、ついに、最期のときが訪れました。

ＩＣＵにご家族の悲しみが響き渡ります。ご家族の隣では、急ぎ駆けつけた高齢の父親と思われる男性が、黙って涙をこらえていました。先ほどあれほど気丈に振舞っていた上の娘さんがついに堪えきれず、床に座り込んで泣き崩れてしまいました。しかし、今度は、奥さんがその肩をやさしく抱いて慰めます。

ややしばらくたってから、奥さんが娘さんたちに、〝さあ、お父さんにお礼を言いましょうね〟と静かに語りかけました。すると、うずくまり泣いていた娘さんたちは、なんとか気を取り直し、覚束ない足元にもかかわらず、お互い支えあうようにして父親のそばに近づいていきました。そして、震える声で〝おとうさん、いままでありがとう……〟と亡き父の耳元に語り掛けたのです。

これには、私を含めその場に居合わせたスタッフ全員が心を揺さぶられ、堪えきれずにもらい泣きしてしまいました。あまりにもつらい家族の光景でした。時は12月、この事故さえなければ、まもなく楽しいクリスマスを家族で迎えられていたことでしょう。愛情深い家族をこんな目にあわせた事故がつくづく恨めしく思われました。

一段落した後、赤々とした朝陽が窓から差し込み始めた医局に戻った私は、一人机につっ伏し忍び泣きました。救急医療において、これほどつらい経験をしたのは後にも先にもこのときだけでした。

この無慈悲極まりない別れのなかに、どこか救いがあるとすれば、この残されたご家族が、過酷な運命を受け入れ、自分たちを守り育ててくれた父親に、愛と感謝を伝えるように懸命に努力していた姿ではないでしょうか。これほどの悲しみの中で健気に行動していたお子さんも、しっかりとしつけをされてきた奥さんも誠に立派でした。一瞬にして幸せを奪われた母娘の悲しみはいかばかりであったことでしょう。しかし、それでもこの母娘は、必ず立ち直り、前に進んでいけるはず、と私には思えたのです。あまりにも酷《むご》いこの試練に負けることなく、この先もしっかり生きていってほしい、昇りつつある朝日を見つめながら、私は強く願い続けました。

このご家族の気高いふるまいは、大震災発生時に、世界の賞賛を集めた日本人の行動に相通じるものがあるように感じます。

考えてみれば、たった一つの受精卵から、この精妙極まりない生命体が出来上がっていくことも驚異なら、心臓の拍動や呼吸が、眠っている間も規則正しく保たれることも、間違いなく奇跡です。たかだか人類の知力ごときでは推し量ることのできない、偉大な宇宙の摂理によって、地球上の生命全てが生かされています。生きていることは決して当たり前ではありません。生きていることはそれだけでものすごいことなのです。

このように、生かされているという奇跡に気づき、感謝できるようになれば、私たちを生かしてくれる存在への絶対の信頼感が生じてきます。そして、この目に見えない超越者への感謝と信頼感は、やはり日本人特有の言い回しである「おかげさま」という言葉に集約され、謙虚さを美徳とする生き方に繋がってきたのです。

近年続いている大震災や激甚災害を通じ、日本人は、生きていることは当たり前ではないという厳然たる現実を思い出しつつあるように感じています。そして、日本人が本来持っているはずの感謝と謙虚さが、いま再び、呼び覚まされてきているのではないでしょうか。

日本人の遺伝子に組み込まれた「愛と調和、分かち合い」の精神は、物質的にも精神的にも行き詰まった現在のこの世界に、必ず必要とされてくるはずです。

現代の文明生活から得た恩恵は否定しませんが、しかし、自分たちの記憶の奥深くに眠っているはずの礼節、道徳心をしっかりと呼び戻すことができれば、社会はもっと良くなることでしょう。

日本人の生き方、考え方がどのようにできあがってきたのか、その原点は、これまであまり注目されてこなかった遥かいにしえの時代にある、と私は考えています。

1998年、青森県外ヶ浜町にある大平山元遺跡において発見された土器の中には、推定1万6千5百年前とされたものがありました。紛うことなき世界で最も古い土器です。しかも、縄文時代に埋葬された人骨からは争ったあとがほとんどありません。つまり、縄文という時代が、豊かな風土と食に恵まれ、世界にも類を見ないほどの高度な文明を築き、1万年以上にわたって集団で人が殺しあうことのなかった平和な時代だったことがわかってきたのです。日本人の精神性は、この時代から、悠久の歴史の中で培われ、育てられてきたともいえるでしょう。

全ての存在に靈性（〝霊性〟ではありません、その理由は本書のなかで）を感じ、厳しくも慈しみ深い自然を崇拝し、人、そしてすべての生き物と共存し、愛と調和の中で平和な社会を営んでいた縄文時代、この時代の生き方を思い出し、世界に広げていくことこそが、現代に生きる私たち日本人の使命なのではないかと私は思います。日本人が、「おかげさま」という心持ちとともに、大いなる存在に限りない感謝を捧げながら、この列島の上で生き抜いてきたことを、今こそ思い出す必要があるのです。

本文の中でも触れますが、私たち日本人は、「おかげさま」と対を為す「おひかりさま」に感謝を捧げ、主語のない日本語の中で育ち、エゴの意識を縮小させながら暮らしてきました。本書では、その原点ともいえる縄文時代に思いを馳せつつ、近年続いている考古学的発見や、気骨ある日本の先人たちの生き方から見えてくる、これまでとは少し違った日本の姿に迫ってみたいと考えます。

歴史が進むとともに人類も社会も進化する、という右肩上がりの神話が、自分の中で崩れ始めていることを私は感じています。文明の発展は、確かに暮らしを便利にしてくれましたが、競争に明け暮れ、殺伐とした社会に翻弄され、心奪われているうちに、私たち日本人の精神は擦り切れ、本来の自分の姿をすっかり見失ってしまったようです。このような状況から脱却し、皆が幸せに生きられる社会を造り上げていくためのヒントは、遠く歴史を遡った縄文時代にある、と私は考えています。縄文からのＤＮＡを宿す日本人が、本来の在り方を取り戻し、自信を持って前に進むこと、そこに大げさではなく、世界の将来がかかっているとさえ感じます。

本文中には、敬愛する先達やたくさんの友人たちが実名で登場します。誰もが、さまざまな気づきや信じられないような奇跡を私に与えてくれました。ここに登場するすべての人たちが本書の共著者です。

登場される方々はもちろん、今回の出版でもたいへんお世話になったでくのぼう出版の熊谷えり子様、かけがえのないご縁をつないでくれた姉夫妻と私の娘たち、そして私を支え続けてくれた妻に、この場を借りて、心からの感謝を奉げたいと思います。

2016年　11月吉日

長堀　優

目次

日本の目覚めは世界の夜明け

～今蘇る縄文の心

第二章　知覧と安曇野を巡るシンクロニシティ　――神の計らい――　59

第三章　東洋と西洋の接点Ⅰ　――輝ける縄文時代とメソポタミア文明――　91

装幀　桑原香菜子

序章　文明の分岐点

黒澤明監督の「夢」

1990年に封切られた黒澤明監督の映画「夢」をご存知でしょうか。映画の内容が、当時としては難解であったため、決して興行的には成功したとはいえませんでした。しかし、この年、黒澤監督は、アカデミー名誉賞を受賞しています。長身の黒澤監督が、プレゼンターのスティーブン・スピルバーグとジョージ・ルーカスという二人の巨匠を左右に従えて会見に臨む姿は、日本人として誇らしい光景でした。

この映画の製作に当たっては、日本の企業が資金提供を渋ったために、ワーナーブラザーズ社が出資しています。一説には、ワーナーブラザーズも援助に二の足を踏んだものの、この映画の価値を認めたスピルバーグ監督が、恫喝《どうかつ》するようにして協力を要請したとも言われます。

「夢」は、8つの短編物語からなるオムニバス形式をとっています。6つめのエピソード「赤富士」では、原子力発電所の事故が描かれていますが、このエピソードこそが日本のスポンサー離れを起こした原因とされています。

この場面に登場する原子力発電推進の責任者は、〝プルトニウム239は少量でも吸い込むとがんになる、ストロンチウム90は骨髄にたまり白血病になる、セシウム137は生殖腺に集まり遺伝子が突然変異を起こす〟、と自嘲をこめて語っているのですが、そのセリフを聞いて、私は思わず戦慄を覚えました。なぜなら、この3つは、福島の原発事故の際に報道された核種と、それぞれの特徴を含め完全に一致していたからです。事故現場から子供と共に避難する女性が、「原発は安全だと抜かした奴らは許せない」と絶叫する鬼気迫る姿が胸に迫ります。

エピソード「赤富士」は、事故当時、インターネット上で世間の注目を大いに集め、黒澤監督は20年前にこの事故を予見していたのではないか、と話題になりました。経済界からのバッシングが予想され、理解を得ることも難しい「夢」を制作するにあたっては、並々ならぬ決断と行動力が必要であったことでしょう。いったいなにが黒澤監督をここまで突き動かしたのでしょうか。監督の想いは、次のノートから鮮明に浮かび上がってきます。

猿は火を使わない。
火は自分達の手に
負えない事を知ってるからだ。
ところが、人間は核を使い出した。
それが、自分達の手に負えないとは考えないらしい。
火山の爆発が手に負えないの
わかっているのに、

原子力発電所の爆発なら
なんとかなると思ってるのはどうかと思うね。
人間は猿より利巧かも知れないが、猿より思慮が足りないのもたしかだ。

黒澤監督の直筆ノート『夢・赤富士』（黒澤プロダクション）より

この「赤富士」に続く7つ目のエピソード「鬼哭」では、核戦争により、世の中すべてが破壊され尽くし、荒廃した未来の世界が描かれています。おどろおどろしい地獄絵図のような地上社会では、植物も、動物も、突然変異により巨大化し、人間までもが角の生えた鬼の姿に変わっています。食べ物が無くなり、共食いを始めた人間たちは、夜な夜な頭に生えた角が腫れ、死ぬほど痛がります。しかし、死にたくても死ぬことが出来ません。これが自然と生命を守らない欲張りな人間達の因果、と鬼が語ります。この悲惨極まりない未来も、原発事故と同じように黒澤監督は予見したのだろうかと思うと、空恐ろしい気分になってきます。

しかし、黒澤監督は、最後にまさかのどんでん返しを用意していました。「鬼哭」の次の最終エピソード「水車のある村」で、大きな救いを人類に示しているのです。直前の陰惨な場面から一転、このエピソードの冒頭では、美しい清流の畔にある緑溢れる小さな村が登場します。

都会から来た旅人らしい青年（寺尾聡さん）が、明かりもなく電気も通じていないこの村の生活に戸惑うのを見て、水車小屋のそばで仕事をする老人（笠智衆《りゅうちしゅう》さん）が、朴訥《ぼくとつ》と次のように語り始めます。

※（　）は筆者の補記

「人間は便利なものに弱い。便利なものほど良いものだと思って、本当に良いものを捨ててしまう」

（ここには）「ろうそくもあれば、たね油もある」（電気などいらない）

「星も見えないような明るい夜なんていやだね」

老人はさらに続けます。

（人間は、便利さの中で大切なものを失ってしまった）

「近頃の人間は自分たちも自然の一部だということを忘れている。自然あっての人間なのに、……（自然を失えば）自分たちも滅んでいくことに気がつかない。……汚された空気や水は、人間の心まで汚してしまう」

次々と痛烈な現代文明批判が展開されるに従い、次第に青年は何も言えなくなり、重苦しい空気が漂い始めます。

すると突然、雰囲気がかわり、どこからか音楽が流れてきました。老人の初恋の人だった老婆を見送る葬列が近づいてきたのです。葬列とはいっても、荘重ながら、どこか心躍るような行進曲が奏でられています。葬列の先頭の子供たちは、笑みさえ浮かべ、花びらを撒きながら行進していきます。

参列者のあるものは音楽を奏で、他のものたちは、歌い、踊りながら進みます。あたかも送られる人の人生を祝福するかのようなその光景は、見るものに深い感動を呼び起こします。老人は、花を持って嬉々としてその列に向かいながら、次のようにいうのです。

「本来葬式はめでたいもんだよ
良く生きて、良く働いて、ご苦労さんと言われて死ぬのはめでたい」
「正直、生きてるのはいいもんだよ、
(人生は)とても面白い」

文明批判から一転、究極の人生賛歌が捧げられ、ワクワクするような葬送の行進曲とともに映画は大団円を迎えます。

最後のどんでん返しを通じて、黒澤監督は、20年以上の時を超え、震災と原発事故を経た現在の日本人に、一直線に次のようなメッセージを送ってきているように私には思えるのです。

〝人間よ、自然を愛せ、その中で謙虚に生きよ〟
〝死も人生の一部、悲しむべきものではない。死が明るいものになってくれば、自然と生き方も変わってくる〟
〝人生を楽しめ、今を目いっぱい生きよ。その時が来たら、潔く旅立て!〟

誰もが避けることのできない死も、十分に生き切った後で迎えることができれば、決して悲しむべきものではない、ということを、黒澤監督は、この野辺の送りを通じて強く訴えます。

生きてよし、死んでよし、と説く仏教の世界では、生と死を分けることなく連続したものとしてとらえます。「生死一如《しょうじいちにょ》」という仏教の教えも、生と死は一つの如し、生と死の両者あってこそ、より深い人生を歩めることを示しているのです。

便利な文明生活に背を向けたような生活をおくりながらも、美しい自然のなかで幸せに生きる人々を描くことで、黒澤監督は、本当の人間の幸福とはなにかを伝えてくれたのです。この映画には、人類がこれから目指すべき生き方が、はっきりと指し示されています。

誰もが避けることのできない死を意識することで、今生きていることに感謝できるようになれば、あの世に持っていくことのできない現世での名誉や財産への執着が薄れてきます。笠智衆さんが演じた老人のように、物質的で俗世的な欲から解放され、ただ生あることを喜び、感謝し、心の豊さに価値観を見出す人生は、この上もなく楽しそうにみえてきます。このような思いの人が織りなす光景を、涅槃《ねはん》と呼ぶのではないでしょうか。涅槃、は決して「あの世」だけのものではない、「この世」にも招来できうるものなのです。

「夢」には、震災、原発事故を経験した今の日本人にこそ強烈に伝わってくるメッセージ、黒澤流人間賛歌が描かれています。インターネットの通販サイトでも安く購入することができます。ぜひ多くの日本人にみていただきたい映画です。

笠智衆さんの最後のセリフです。

「わしかね？　100とみっつさ、もう人間をやめてもいい歳だが……　あんた、生きるのは苦しいとか何とか言うけれど、それは人間の気取りでね、正直生きてるのはいいもんだよ、とても面白い」

現世の欲、モノへの執着から離れて見える景色は、この上もなく美しいようです。

ホピの予言

ネイティヴ・アメリカン最古の民、ホピ族には、数千年の昔から、偉大なる精霊から与えられたとされる謎の予言の石版があります。そこには、広島、長崎への原爆投下を始め、第一次、第二次世界大戦、更には、来たるべき未来、現代文明の破滅と再生が予言されているとされます。

1986年、この人類滅亡・核時代の最終予言に基づいてドキュメンタリー映画「ホピの予言」（宮田雪監督、ランド・アンド・ライフ）が製作されました。この作品の舞台であるフォー・コーナーズは、アメリカ南西部、グランドキャニオンなどの大渓谷に囲まれた荒涼たる大砂漠であり、ネイティヴ・アメリカンのホピ、ナバホ族により聖地として守られてきた場所でした。

フォー・コーナーズは、アメリカの心臓部であるとともに、地球の自然エネルギーの震源地でもあり、もしここが破壊されたら、ナバホ、ホピのみならず、全地球的な規模での地震、嵐、水害などの自然変動が引き起こされると彼らは信じてきました。

ホピの8つ（現在は11）の村には、それぞれ精神的指導者がいるのですが、広島、長崎に落とされた原子爆弾が世界に与えた衝撃も冷めやらぬ1948年、キバ、という地下の集会所に集まり、緊急の会議が開かれました。ホピ一族に伝わる石版の中に、太陽をシンボルとする国に2回、〝灰のびっしりつまったひょうたん〟が落とされる、という予言を示すシンボルが刻まれていることがわかったからです。

じつは、フォー・コーナーズは、膨大な量の石炭、石油、そして地球最大のウラニウムのベルト地帯です。ネイティヴ・アメリカンたちをこの地から追い出したアメリカ政府は、資源を採掘し、この地域をアメリカの核開発の心臓部へと変貌させてしまいます。そして、この場所から採掘されたウランこそが、広島、長崎を壊滅させた原子爆弾の開発に使われたのです。

この事態を踏まえ、集まったホピの長老たちは、自らに伝わる予言、そしてスピリチュアルな道の正しさを畏れとともに深く認識し、今以上にスピリチュアルな生き方を継続していかねばならない、と決意するにいたります。

しかし、その後も続く採掘を通じ、職のないネイティヴたちは、危険性を知らされぬままに安い賃金で仕事に従事させられました。そして、次々と被曝を受けるとともに、ウラン採掘に伴い、大量のラドンガスが大気中に放出され、さらには、精錬の過程で生み出される膨大な量の放射性廃棄物は、精錬所の周囲１００㎞にわたり放置されていました。

それが風に乗り、砂埃とともに舞い上がり、放牧中のヒツジや牛のみならず、かれらの飲料水である川の水を汚染し、妊婦や赤ん坊に影響を及ぼし、奇形児の増加を引き起こします。全人類にとって母なる地球の聖地であるこの土地を破壊し、彼らを被曝させながら、それを平和利用という名目で消費し続けて来たのが、現代の先進国の姿といえるでしょう。この情景は、決して他人事ではないのです。

彼らの予言によれば、人類は間もなく「浄化の日」を迎えると言います。物欲にまみれてバランスを失い、争いに明け暮れする現代の生活を改めなければ、この世は終わる、とされています。地震や台風、豪雨が激甚さを増してきた現在、その忠告は現実味を帯びてきているように思えます。

長老たちは、これまで人類が行ってきた暴力的なふるまいをあらためなくてはならない、ネイティヴ・アメリカンの平和な伝統である、人を殺さない、ものを施すという考え方を復活させなければならないと強く決意します。まさに今が分岐点なのです。

ホピの長老の言葉です。

「わたしたちは、この予言を世界に伝えることで、私たちの教えや宗教を通じ、互いの命あるものの調和、自然との調和のとれた平和な生き方を理解しあうことができると信じています。

そして、ともに理解しあうことで浄化の日に敢然と立ち向かっていけるでしょう。その先には、全く新しい世界があり、平和に溢れ、すべての命あるものとの調和のとれた自然とも尊敬しあう見事に平和な世界が始まるでしょう。

私たちは、その日のためにこそ、教えと平和な生き方をグレイトスピリッツから授けられたのです」

長老の語る浄化という日が、私には、黒澤明監督の「夢」のエピソード7「鬼哭」に重なって見えてきます。浄化の日を皆が理解しあうことによって乗り切った先に待つ世界こそが、「夢」のラストエピソード「水車のある村」であるのかもしれません。

「水車のある村」の冒頭、村の子供たちが、祈り、花を捧げる場所があります。昔病んで亡くなった旅人が葬られた場所、と笠智衆さんは寺尾聡さんに語っていました。あの墓こそは、「浄化の日」に清算された人類の負の遺産を象徴しているのではないかと私には思えます。

ホピ族に残された石版にも、「夢」の最後の2つのエピソードのように、上下の道が示されています。上の道は、「滅びの道」と言われ、人々は争い、世界は調和を失って、混乱に陥っていく姿が描かれています。一方、下の道は、「永遠の道」とも呼ばれ、自然を愛し、調和を保ちながら、未来永劫持続する平和への道が示されているのです。

今の時代は、前者の物質的な道から、後者の精神的な道に降りてくる分岐点であり、地球の未来は、環境の激変や大災害を伴うであろう人類最後の浄化をいかに小さくし、くぐりぬけるかにかかっているとホピ族の人たちは考えているのです。

「鬼哭」と「水車のある村」、そして、ホピの石版が示す「滅びの道」と「永遠の道」は、いってみれば、「破滅」と「調和」という真反対の未来の二重写しということになるのでしょう。実は、この二重写しの未来の姿を語る人がほかにもいます。彗星探索家の木内鶴彦氏です。

木内氏は、著書『「臨死体験」が教えてくれた宇宙の仕組み』の中で、臨死体験の際に、高野山で開かれた会議で講演する未来の自分の姿をみたことを語っています。そのときに目に入った未来の様子は、現実の姿とぴったりと一致したそうです。しかし、それと同時にもう一つ、二重写しになった未来の姿もみたと言います。

「もう一つ見た二重写しの不思議な未来像はまだ実現されていません。老人になった私が子どもたちの前で星について話している平和な未来と、もう一つは廃墟の中を私が茫然と歩く不吉な未来です。

なぜ対照的な未来が二重に重なって見えたのかというと、私はこの未来にはまだ選択できる余地があるからではないかと考えています。人間が自分の使命を自覚し、地球の環境を守るために行動するようになれば、平和な世界はまだ続きます」

この木内氏の語る未来が、ホピ族、黒澤監督の語る「破滅」と「調和」という二重写しの未来に重なってくるのは、単なる偶然とは思えません。社会の情勢を見ても、現在が、未来を選択するうえでの大きな分岐点であることは間違いないでしょう。黒澤明監督の「夢」も、ホピ族の石版も、第二次世界大戦、東日本大震災を経験した現在の日本に、まっすぐに向けられた神がかり的な警告といえるのではないでしょうか。

これまで、ホピ族は、自分たちの生き方に従う人たちを待ち望み、あらゆる迫害と差別、困難にまけず、今日まで自分たちの生活の仕方を忠実に守ってきました。今度は、地球と生き物すべてに捧げてきた彼らの願いに、私たちが応える番です。浄化の日を乗り越えた先に、平和な世界が訪れるかどうかは、今の我々の生き方にかかっています。私たち一人一人がみな、自らの考え方や生き方を今一度考え直すよう迫られているのです。

第一章

広島・長崎が伝える

現代へのメッセージ――身土不二

長崎原爆を生き抜いた秋月博士

ホピ族の長老が集まり、世界危機について真剣に話し合うことになったきっかけが、広島、長崎に落とされた原子爆弾でした。

この人類史上稀にみる大虐殺は、日本人の命ばかりかその精神をも徹底的に破壊し、今後二度と立ち上がれないほどの衝撃を与えることを目指したと言われます。その目論みは、壊滅的な被爆後の状況からすれば、ある程度達成されてしまったといえるのかもしれません。しかし、完全ではありませんでした。なぜなら、広島・長崎には50～100年は草木も生えない、と米国の学者が予想したにもかかわらず、1年後の広島には、すでに多くの市民が暮らしており、その後、人口100万人を抱える大都市として、見事な復興を遂げたからです。絶望的にも思えた破滅の中で、じつは、広島にも長崎にも、未来の再興に向けて、奇跡の芽が残されていたのです。

ここでは、その神の御業とも思える一連の出来事を、順を追ってみていくことにしましょう。東日本大震災を経験し、第二の被爆ともいわれる現代の日本には、その体験が活かされてくるはずと私は考えています。

それではまず、順序が逆になるようですが、長崎で起こったことから振り返ってみることにしましょう。

原子爆弾による未曾有の惨劇が広島を襲った日から3日後、そのショックも覚めやらぬなか、長崎にも原子爆弾が投下されました。被爆した人々は、熱風、爆圧により、激しい熱傷や怪我を負ったばかりではなく、その後に大量の放射線を浴びたことにより、次々と重い障害を発症し、命を落としていきました。

しかし、爆心地から1・8㎞の距離にあるカトリック系病院に勤務していた秋月医師とそのスタッフたちは、これほどの至近距離で被爆したにもかかわらず、放射線後遺症を一切発症することはありませんでした。ことに、リーダーの秋月医師は、被爆直後から、病院内はもちろん、死の灰にあふれた被爆地周辺をも歩き回り、不眠不休で被災者の診療を続けたのですが、ついに原爆症に罹ることなく、90歳近い天寿を全うされたのです。

医学的常識からすれば信じがたい出来事ですが、その謎を解き明かす鍵が、秋月医師の著書『長崎原爆記』に示されています。この本には、秋月医療チームが被爆前後にとった行動について、きわめて詳細に述べられています。そこには、現代に生きる私たちが決して聞き流してはならない、今の日本で生き抜いていくための大切な智慧が含まれているように感じられます。

以下、「放射能」という記述が出てきますが、厳密には「放射能」とは、「放射線」を出す能力を指します。ですから、「放射能を有する物質」＝「放射線を放出する物質」＝「放射性物質」となり、「放射能」イコール「放射線」とはなりません。あくまでも「放射能を有する物質」の放出する強い「放射線」が人体に障害を起こすということになります。しかし、一般的には、「放射能」と「放射線」は、ほぼ同じ意味で使われることが多いようです。そのことにご留意されつつ、以下をご覧ください。

話は戦前に戻ります。

京都帝国大学医学部を卒業された秋月医師は、出身地の長崎に戻り、内科医として勤務を開始しましたが、ある時期の1年間、長崎医大付属病院の放射線科に出向しました。そして、月曜日から金曜日まで、子宮がんや乳がんなどに対する放射線照射治療に携わったのです。

その当時、秋月医師は、1週間の治療スケジュールが終わる金曜日頃になると、毎週のように気分の悪さを感じるようになりました。この症状は、放射線宿酔《しゅくすい》と呼ばれ、放射線治療の副作用と考えられています。現在においても、放射線治療を受けている患者さんにはしばしば出現するのですが、当時は、現在と異なり放射線防御も十分でなかったため、患者さんだけではなく、放射線治療従事者にも同じような症状が現れていたのです。

しかし、意外なことに、放射線治療の現場では、この宿酔症状の改善に塩が有効であることが経験的に知られていました。当然のことながら、この塩は、現在広く普及している精製された塩化ナトリウムではなく、微量なミネラルを含んだ天然塩です。秋月医師自身、やや濃い目の塩水を飲むことにより、症状が改善していました。そのため、この体験を通じ、

「食塩、ナトリウムイオンは造血細胞に賦活《ふかつ》力を与えるもの、砂糖は造血細胞毒素」

との秋月式栄養論を、確立させていくことになったのです。

さて、被爆から1週間ほど経過した8月13日ころから、秋月医師はひとつの事実に気が付きました。

「……『吐き気がする。身体がだるい。血便が出る。頭髪が少しずつ抜ける。皮膚に紫色の斑点《はん》が出る。歯ぐきから血が出る』／これまで私は、全身火傷、ガラス創、材木・煉瓦《れんが》による挫傷《ざしょう》の治療にばかり当った。しかし、新しい疾病《しっぺい》にぶつかる。これらの症状は、ある場合には全く無傷《むきず》であったのに忽然《こつぜん》として起こった。しかも、一、二日のうちに、症状が激化して患者は死んでしまう。ある人には、四、五日から一週間と、徐々にそれらの症状が現われて死ぬのである。／きわめて迅速《じんそく》に、急性に現われて死に至るものを激症とし、中等度症、さらに死ぬまでに至らしめないものを弱症とする、……はっきり言えることは、爆心地からの距離に比例して照射《しょうしゃ》の量がきまるということであった……」

これらの症状は、熱や爆風により体の表面に生じる怪我や火傷とは全く異なっていました。秋月医師が戸惑うのも当然、人類がいまだかつて経験したことのない大量放射線被爆そのものによる障害だったのです。

秋月医師には、同様の症状がいつ自分に降りかかってくるかもしれない、という恐怖心もあったことでしょう。しかし、科学者としての冷徹な目を失うことなく、この未曾有の疾病を詳細に観察していきます。この毅然とした姿勢には、同じ医師として目を瞠《みは》るものがありました。と同時に、私はあることに気づき、思わずはっと息を飲みました。この記録に記されている吐き気、大量の脱毛、吐・下血、出血斑などの症状は、大量の放射線を浴びた直後の症状として、学生時代に学んだ教科書にそのまま列記されていたことを私は思い出したのです。

このような症状は、どんな状況で観察されたのだろうか、との疑念を当時も感じないわけではありませんでした。しかし、今回、秋月医師のこの記載を目にして、教科書の記述は、広島・長崎における無数の被爆者の診察記録がもとになっていたであろうことに、いまさらのように思いが至ったのです。

被爆地の調査に当たったのは、1946年広島に設立された原爆傷害調査委員会です。米国科学アカデミー、米国陸・海軍の軍医団を中心として運営されたこの団体は、調査を目的としているために、治療は一切行なっていません。おそらくは、近隣の医療機関を隈なく巡回し、被爆直後の診療記録を詳細に調べ上げたのでしょう。

非戦闘員の婦女子、幼子、高齢者などたくさんの無辜《むこ》の民を巻き込み、無差別に殺戮《さつりく》した原爆は、軍事基地への戦闘行為と異なり、明らかな戦争犯罪です。そのうえ、治療より調査が優先され、犠牲者の尊厳を踏みにじったばかりか、あたかも人体実験に供されたかのような結果となったことは、私にとって衝撃であり、耐えがたい現実でした。

このような痛ましい原爆症犠牲者の波は、日を追って爆心地から同心円を描くように広がっていきました。秋月医師は、この恐ろしい伝播を「死の同心円」と表現しています。この同心円が、病院近くまで来るに及んで、秋月医師は慄然とし全身に緊張が走るのを感じました。そして、8月15、6日ころ、ついに自分自身に強い倦怠感が現れたことに気付いたのです。しかも、この症状が、戦前に体験していた放射線宿酔に酷似していることを自覚するに至り、死の灰の影響が、自らにも及び始めたことを確信しました。

強い恐怖に襲われつつも、なお冷静さを残す秋月医師の頭の中に、放射線宿酔に塩水が有効であった経験がはっきりと蘇ってきました。そして、〝秋月式栄養論がこの症状改善にそのまま役立つのではないか〟、との発想が湧いてきたのです。その思いつきはすぐさま信念にかわり、秋月医師は、何かに憑りつかれたかのように、常識では理解できない行動に駆られていきます。

「玄米飯に塩をつけて握《にぎ》るんだ、からい、濃い味噌汁《みそしる》を毎食食べるんだ。砂糖は絶対にいかんぞ!」

原爆で被災した患者を治療する傍ら、突然のように秋月医師から下されたこの厳命は、炊事方のみならず職員にも伝えられました。実行されないと、容赦なく秋月医師から怒号が飛ばされました。ただ命令を強要するだけで、何の理由も説明されなかったにもかかわらず、秋月医師の言動を信ずる者の間では、この厳命は忠実に遂行されていきました。

その後も、秋月医師はじめ職員たちは、毎日放射性物質にまみれた灰燼《かいじん》の上で働き、患者たちは廃墟のような病院で入院生活を続けました。しかし、驚いたことについに誰も原爆症を発症しなかったのです。

「誰もこのために死なず、重い原爆症が出現しなかったのは、実にこの秋月式の栄養論、食塩ミネラル治療法のおかげであった。／私とその周囲の人びとは、それを信じている。学会ではたとえ認められなくとも」

秋月医師は、医学的常識からは全く理解できないこの事実は、そう簡単には受け入れられないだろうことを予想していました。それでも、覚悟をもって世に伝えることを決心し、『長崎原爆記』を出版したのです。残念ながら、秋月医師が予想した通り、当初この本は広く知られることはありませんでした。しかし、秋月医療チームが、患者さん含め誰一人原爆症を発症しなかったことは厳然たる事実です。その後徐々に『長崎原爆記』は、理解者を増やし、読み伝えられていき、広まっていきました。そして、ついには英語に翻訳され、世界に発信されることになったのです。

日本では一度絶版になっていますが、２０１０年に再び復刻されました。あの東日本大震災の直前です。まるでこの時期に、誰かが図ったかのごとく、再び世に出されたのです。黒澤監督の「夢」と同じく、放射線被爆の問題が起こっている今のこの時代を目指し、まっすぐに秋月医師から届けられたかのようです。

岩戸の塩

秋月医師が唱えた食塩ミネラル療法は、今世界に広がりつつあります。

２０１６年（平成28年）５月、三重県伊勢志摩の地で日、米、英、仏、独、伊、加7か国の首脳並びに欧州理事会議長及び欧州委員会委員長が参加し、Ｇ７サミットが開催されました。

その最終日となる5月27日のことでした。

本書裏表紙（カバー）に掲載した夫婦岩で知られる伊勢・二見浦《ふたみがうら》の旅館「岩戸館」に、黒塗の高級車と大勢のＳＰ、警察官を乗せた車が突然乗りつけました。岩戸館の女将、百木智恵子さんが〝何ごとか〟と驚いていると、車の中から姿を現したのは、ポーランド元首相で、ＥＵ議長のトゥスク氏だったのです。

そのとき、同時通訳者を介しトゥスク氏がまず伝えて来たことは、塩がほしい、という一言でした。この塩というのは、伊勢湾のある一角から取れる海水を使い、頑固なまでに昔ながらの製法を守り抜いてこの旅館で作られている「岩戸の塩」のことです。

「岩戸の塩」のもとになる海水は、海から寄せてくる満ち潮と、伊勢の山々の滋養をふんだんに含んだ川の水が合流する地点から厳密に採取されています。その場所が1メートルずれても塩の力はめっきり落ちてしまうと言います。しかも、満ち潮のときに得られる新鮮な海水しか使わないそうです。このような方法で採取した海水を、薪を使った竈《かまど》で煮詰め、最後に直接熱を加えて仕上げるため、「岩戸の塩」は、独特の黄色味を帯びていることが特徴です。

チェルノブイリの後、放射線障害を生じた患者さんの体温を上げるのに、「岩戸の塩」が有効であることが判明し、ウクライナの新聞で報じられました。その情報を得ていたトゥスク氏は、この塩を求めるため、わざわざこの旅館を訪れたのです。あまたある塩のうち、体温が上がる効果が確認されたものは、ごくわずかだったそうです。ほとんどの日本人が知らない情報を、はるか遠くの地から訪れたEU議長が知っていることに驚きを禁じ得ません。

いま、この塩は、福島の子供達に送られています。日本古来の智慧が、今も脈々と受け入れられ、世界で認められつつあることに意を強く致します。

神都・伊勢、この街の文化は実に奥深いものがあります。

生物学的元素転換

さて、続いて、被爆後の広島で何が起こったのかを見てみることにしましょう。

東京大学名誉教授の高橋良二氏は、著書『ミクロ世界の物理学 ―― 生命・常温核融合・原子転換』のなかで、広島の土壌からの放射性物質除染に、微生物が大きく関わった可能性があると述べています。

なお引用箇所内の微滴機関とは、ミクロン単位以下の水滴のような存在を指します。高橋氏は、走査電子顕微鏡での観察から、この微小の水滴が、通常の水とは異なる性質（超水と呼称）を有することを指摘しています。

「各種の生物にたいする放射線（粒子線・電磁放射線）の損傷効果に関しては既に膨大な研究がなされており、詳細が明らかにされている。そして強い放射線の照射は人間を死に至らしめるということは周知の事実となっている。

しかしながら生物と放射線の関係を一般的に見た場合、放射線は常に生物を殺すというものではない。確かに人間のような高等動物では放射線によって受ける損傷は複雑で大きく、容易に回復しがたいものがあるのにたいし、ある種のバクテリヤは原子炉の中に生存すると言う。これは生物によって危険な放射線量に非常に大きな相違があることを示すものである。

微滴機関の観点から見ると放射線は微滴に負圧を与え、エンジン作用を起こさせる。従ってもし放射線が微滴機関内の器官に損傷を与えなければ、放射線は微滴機関を活発に作動させることになる。即ち上記の原子炉中に生存するバクテリヤはこの一例だということができよう。そして自然界に存在する多種多様なバクテリヤも多かれ少なかれ放射線をこのように有効に利用していると考えられる。従ってもし放射性物質がバクテリヤに取り込まれた場合には、活発なエンジン作用によりこれを無害化することができると考えられる。

広島に原子爆弾が投下された後、70年不毛説が流れた。それは今後70年は草木は勿論一切の生物の生息は不可能という説である。しかし実際には一年後には身の丈を越す雑草が茂り、一年半後には広島市の人口は20万人を越えた。このような急速な放射能の減衰が広島市で見られた理由は、地中に存在する多種多様なバクテリヤに負っていると考えざるを得ない。このように考えると自然界に存在するバクテリヤあるいは微生物などの重要性を改めて認識させられる。そしてそれらの生存を脅かす行為は人間にたいしてもまた危険な行為であるということを感じさせられるのである」

被爆地が長期にわたり不毛の地と化すと推測しながら、敗戦必定の日本に原爆を落とした米軍の行為に、不条理な思いを抑えきれませんが、その予測は大きく外れ、日本は極めて迅速に復興を果たしました。後述しますように、被爆後に襲った枕崎台風が、表面的な放射性物質を洗い流し去ったことは確かでしょう。しかし、台風だけでは、地下水を含め土中にしみ込んだ放射性物質までを浄化することはできません。その想定を超えた復活には、土壌の除染が欠かせないのですが、その立役者が微生物であった可能性を高橋氏は推測しているのです。

このように考えてくると、秋月医師がスタッフや患者に食べさせていた味噌も俄然注目されてきます。いうまでもなく、味噌にも微生物が多く含まれているからです。

秋月医師は、著書『体質と食物』のなかで、ロシアの微生物学者メチニコフ博士が、不老長寿の方法として、乳酸菌を毎日摂ることを勧めていることを紹介しています。そのうえで、我が国の味噌にも、多種多様の乳酸菌が含まれていることを指摘しています。腸内の腐敗を防ぎ、消化・吸収の効率を上げるために、西欧では、牛乳や酪農品に乳酸菌が加わったものを食べ、日本では味噌を食しているのです。

この著書では、味噌と放射線障害の予防については言及されていませんが、近年、広島大学原爆放射線医科学研究所・渡邊敦光教授らは、マウスを用いた実験で熟成期間が長い味噌ほど放射線照射後の生存期間が長くなることを示し、放射線防御作用が、原料の大豆と発酵熟成に密接にかかわっていることを報告しています（味噌の科学と技術 39巻 P29〜32 1991）。

微生物の持つ除染能力について、別の観点から探ってみましょう。映画監督の白鳥哲氏は、2015年に完成した映画「蘇生」のなかで、微生物による「生物学的元素転換」について言及しています。

「生物学的元素転換」は、耳慣れない用語ですが、しかし、実は身近にあふれた現象です。たとえば、笹しか食べないパンダが、なぜカルシウムに富む骨格を維持できるのでしょうか。また、カルシウムをほとんど摂っていない象が、巨大な象牙や骨格を持っているのはなぜでしょうか。考えてみればとても不思議な話です。

実は、このような現象は、体内の酵素や腸内細菌の働きにより、笹や土中に豊富に含まれるカリウムが、水素と結合しカルシウムに変換されるため、と説明されています。つまり、からだの中では、微生物や酵素の働きにより、わずかなエネルギーしか使わずに、ある元素を全く違う元素に変化させるという特殊な生体内反応が起こっているのです。この反応は、「生物学的元素転換」と名付けられ、１９６０年代にフランスの科学者のルイ・ケルブランにより明確な概念として確立されました。

地球が誕生してから46億年、この地球に最も早く出現した生物が微生物です。その時期はおよそ今から30億年前と考えられています。その頃の地球には、宇宙からの有害な放射線が、容赦なく降り注いでいました。さらには火山の爆発などにより、硫化水素、メタン、二酸化炭素などの有毒ガスが、大気中に溢れていました。この原始地球のあまりにも過酷な環境を整えたといわれるのが、古細菌と呼ばれる微生物群です。

古細菌には、特殊な膜構造を備え、高温、高圧、強酸といった極めて厳しい環境に耐えうる菌群が含まれています。これらの菌は「極限環境微生物」と呼ばれています。そのなかでも、特に耐放射線菌と呼ばれる一群は、放射線をエネルギーとして成長しながら放射性物質を分解していきます。広島や長崎では、原爆投下後、多くの菌が強い放射線に耐え切れず死滅していくなかで、この耐放射線菌群が、しぶとく生き残ったと考えられるのです。

体内におけるカリウムからカルシウムへの「生物学的元素転換」が、食べ物の中のミネラルが別のミネラルに変化することであるのに対し、耐放射線菌群が関わる反応は、ウラン、セシウムなどの自然に存在しない大きな原子を相手にします。ですから、常温核融合に匹敵するような反応となるのですが、核融合は、サイクロトロンなどの特殊な実験装置以外では確認されていません。先出の高橋氏は、微滴機関の特殊な構造が、生物学的元素転換や常温核融合を可能にすると推測していますが、科学の世界では認められていません。そのため、耐放射線菌による除染も公的には受け入れられていないのです。

しかし、このような学界の趨勢に敢然と挑戦するかのごとく、白鳥監督は、有用微生物群を撒きつづけた福島で、ガイガーカウンターによる放射線の測定値が実際に低下していく様子を撮影し、映画「蘇生」で紹介しています。

有用微生物群は、放射線除染だけではなく、東南アジアにおいては、有害な産業廃棄物処理にも効果を発揮しています。日本においても、毎週10トンもの有用微生物群を撒き続けた東京の日本橋川で、水質が徐々に浄化されていきました。そして、ついにこの川に鮭が戻ってきたのです。まだ汚れが十分に除去しきれないまま、濁りの残る川に戻り、健気に泳ぐ鮭の姿は、実に感動的でした。ひょっとしたら、絶望的とも思える環境問題の解決へむけ、微生物たちが、一縷《いちる》の望みとなるのかもしれない、そんな期待を抱かせてくれたとても印象的なシーンでした。

限りなく小さい微生物たちが、私たちの常識をはるかに超えて、大きな化学工場をも凌駕《りょうが》するような高い能力を持ち、汚染され続けるこの地球を、再生への道へと向かわせることができるかもしれないとは、なんとロマンに溢れた話でしょうか。単独で生きられる生命体としては、おそらく地上で最も小さい部類に入る微生物たちが、地球再生への大切なヒントと、未来への希望の光をもたらしてくれようとしているのです。宇宙の摂理は、なんと奥深いのでしょうか。

身土不二

戦後になり、健康に自信が出てきた秋月医師は、食物による体質改良についての研究を真剣に始めます。そして、著書『体質と食物』のなかで、次のように述べています。

「日本人の身体は、米・麦・大豆から成り立っている。米・麦・大豆が日本人を支えている三本の柱である。……大豆はそのまま煮ては消化が少し困難な食物である。それを味噌・醤油まで進めて、消化し易いものとしたのは、日本の風土であり、日本人の知恵である」

本来、日本人は、貴重な蛋白源として、主に大豆など植物由来の蛋白質を利用してきました。消化吸収が困難な大豆を、優れた食品に変えたのが微生物たちだったのです。日本には身土不二《しんどふに》（地元の食材や伝統食が身体に適している）という言葉がありますが、大豆、米こそは、日本の風土と日本人の体質に適った栄養源であり、その栄養素をさらに磨き上げ、効率的に摂取するうえで、微生物が大きな役割を果たしてきたわけです。発酵した蛋白質食品としては、日本では味噌がその代表といえるでしょうし、西洋では、身土不二の原則のままに、乳酸菌で発酵させた酪農食品が生活に溶け込んでいるのです。

このように、洋の東西を問わず、人々が発酵食品と深く関わってきたことは確かですが、元となる食材には、その土地に根差した違いがあります。生まれ育った土地で採れた食べ物が、人間の身体を作り上げてきた以上、その土地で採れた食物を日々摂取することが、健康を保つうえでも望ましいはずです。

その点、西洋人と日本人は、育った環境も、住んでいる土地も違うのですから、体質も、相応しい食事も、各々異なっていて当然です。戦後、日本人の食生活は急速に欧米化しましたが、本当にそれでよいのか、地産地消という食の原点に立ち返り、今一度自分たちの食事について考え直す必要があるのではないかと私は考えます。

さらに、微生物の驚くべき能力についてみていきましょう。

東京大学名誉教授の光岡知足氏は、著書『腸内細菌の話』のなかで、ニューギニア高地のパプア族について述べています。

彼らの食事の96・4%はサツマイモであるため、常識的には、いつも蛋白質欠乏の状態と考えられます。しかし、彼らの健康状態は極めて良好で、しかも筋骨たくましい体格をしています。光岡氏は、その理由として、パプア族の腸内では、微生物がアミノ酸や蛋白質を合成しており、それを人間が消化吸収しているからであると述べています。つまり、老廃物として捨てられる運命にあるアンモニアの窒素を材料にしてアミノ酸が合成されると推測しているのですが、そうであれば人間は蛋白質を摂取しなくても生きていける可能性がある、ということにもなります。

大阪在住の鍼灸師、森美智代さんは、少量の青汁だけを摂る生活を続けていることが知られています。森さんは、かつて難病の脊髄小脳変性症を発症しましたが、食事療法で見事に克服しました。以来、青汁だけを摂る生活が続いています(『食べること、やめました』マキノ出版より)。森さんの腸内細菌を科学的に分析したところ、牛の腸内環境に酷似していることが判明しています。牛も主食は草ですし、パプア族の習俗を考えれば、森さんの一見信じがたい食生活も、決してありえない話ではないと思われます。

第七章の「チャイナ・スタディーの衝撃」の項でも検証しますが、現在の先進国においては、食のバランスが、哺乳類の肉を代表とする動物性蛋白質にあまりに偏りすぎた結果、成人病が著増していることが明らかになってきました。もちろん、動物性蛋白質の摂取が、食文化を育んできた側面も否定はしません。しかし、食用動物を養うためには、飢餓に瀕した多くの人口を救えるはずの大量の穀物を消費せざるを得ないという現実もあります。その上、農地は、飼料用穀物の栽培に特化することにより疲弊するため、食糧供給にさらに不安定な要因を増やしていきます。まさに悪循環であり、このままでよいわけはありません。微生物の持つ力を今一度見直し、偏った食のバランスを整えることが、人間のみならず、健全な地球環境を守るうえでもたいへん重要になると思われます。

医学研究では、まず優先されるものは病気の克服です。ですから、これまでは、微生物も、単に病気の原因となる悪者としての面だけが強調され、人類に恩恵を与えてきた能力については、ほとんど顧みられることはありませんでした。巷でも、殺菌、抗菌といったフレーズがもてはやされています。しかし、菌を遠ざけることを目的として使用される抗菌グッズなどは、それ自体人間にも環境にも直接害を与えることに私たちは気づかねばなりません。なにより、私たちは、微生物の持つ潜在能力についてもっと目を向けていく必要があると思います。

長崎原爆を乗り越えた秋月チームのキーワードは、天然塩などに含まれるミネラル、そして微生物による発酵現象でした。広島の土壌除染にも微生物が関わっていたことが推測されています。

２０１６年のノーベル医学生理学賞を受賞された東京工業大学栄誉教授大隅良典氏が、実験材料に用いた酵母は、ご存知のように単細胞性の微生物です。飢餓状態に陥った酵母細胞が、いかに生命の危機を乗り越えるのか、そのさまを顕微鏡で観察しようと考えたことが、オートファジー（自食作用）の発見に繋がったのです。酵母が秘める大いなる生命力を感じ取った大隅氏の慧眼が、新たな歴史を作ったといえるのではないでしょうか。

広島、長崎の悲劇を経験した日本人に、なぜ今また原発事故に端を発した放射線の問題が突きつけられているのでしょうか。そこには必ずや深い意味があるにちがいありません。私たち日本人には、先人たちが残してくれた貴重な体験があります。現在の絶望的なほどに追い詰められた地球環境を救うために、今の日本人だからこそ示せる解決策があるはずと私は考えます。

医聖ヒポクラテスは、次のような言葉を残しています。広島・長崎が現代に伝える貴重なメッセージをみれば、２４００年ほど前に遺されたこの教えは、今の私たちにもそのまま当てはまるようです。

「汝の食事を薬とし、汝の薬は食事とせよ」

「食べ物で治せない病気は、医者でも治せない」

２０１６年5月27日、米国のバラク・オバマ大統領は、伊勢志摩でのＧ７サミット出席後、現職の大統領としては初めて、被爆地広島を訪問し核兵器の廃絶を訴えました。

「71年前の明るく晴れた朝、空から死が降ってきて、世界は変わった（death fell from the sky and the world was changed）」で始まる演説と、被爆者代表と交わした感極まる抱擁は、世界に深い感動を与えました。

抱擁の後、坪井直氏（日本原水爆被爆者団体協議会代表委員）は、「米国を責めていないし、憎んでもいないと伝えた、これからが大事だ。『時々広島に来て』と言ったら、（オバマ氏の）握手が強くなった、（核廃絶への）一歩として評価したい」と、胸に迫るコメントを発表しています。

さまざまな圧力を受けたであろうオバマ大統領が広島を訪問したこと、この事実は大きいと思います。大統領による演説の結び、「未来において広島と長崎は、核戦争の夜明けではなく、私たちの道徳的な目覚めの地として記憶されることでしょう」の思いが世界の多くの人に共有され、坪井氏が示した「赦《ゆる》し」が、世界平和への第一歩になることを願ってやみません。

枕崎台風

広島、長崎における土壌の劇的な再生には、微生物だけではなく、もう一つ忘れてはならない要因がありました。それは、この日本に特有の台風、そして豪雨だったのです。秋月医師は、被爆直後に長崎、広島を襲った稀有な豪雨と猛台風について記しています。

苦しい夏がようやく終わりを迎え、秋めいてきた1945年9月2日、雨量300ミリ以上を記録した猛烈な豪雨が、2日間に渡り、長崎を襲いました。半ば廃墟となった病院には、滝のような凄まじい豪雨を避ける場所もありません。秋月医師はなす術もなく、この過酷な試練にひたすら耐えるしかありませんでした。

しかし、その翌日のこと、雨が上がったあと往診に出た秋月医師は、空気がさわやかになり、自身の胃部のむかつきもなくなっていることに気がつきました。

水による洗礼は、この時だけではありませんでした。この豪雨から2週間後の9月16日、今度は強烈な暴風雨を伴った枕崎台風が長崎に襲来しました。枕崎から上陸した爆弾台風は、九州を南から北に縦断した後、さらに山口県と広島県の境を駆け抜けて日本海に去りました。

この台風は、長崎のみならず広島でも容赦なく猛威をふるい、京都大学から原爆被害の研究にきていた真下教授一行のテントを吹き飛ばし、教授の命をも奪い去っています。

原爆による火攻めの後は水攻め、豪雨と暴風に翻弄され、ずぶ濡れになって瀕死の患者たちを安全な場所へと移しながら、秋月先生は、〝天主の試練もひどすぎる。もういい加減にしてくれ〟と心の中で叫びました。

しかし、台風が去った後、秋風の中に立ちながら秋月医師は、9月2日の豪雨以上のさわやかさを体感することになったのです。そして、2回に渡る恐ろしいまでの豪雨が、死の灰を流し去ったことをはっきりと悟るに至りました。秋月医師は、感動のあまり、あれほど呪ったはずのこの豪雨を〝被爆地にふたたび生命が生まれ、活動し始めるための生命の水〟と表現し、感謝を捧げています。

「この枕崎台風こそ神風であった。次つぎと肉親を奪《うば》い去る二次放射性物質、死の灰から被爆地の人びとを救ったのである。／この台風を境にして、急に病院付近の死亡者数が減少した。私をはじめ職員の悪心《おしん》や嘔吐《おうと》、血便も回復した。頭髪も抜けなくなった。……被爆後四十日にして被害はくいとめられた観《かん》があった。この日以後、死への必然の道から、生への道へ転じたのだった……『おれも死んでゆく』という日々の恐怖が、この台風が去るとともに人びとの胸から薄らいでいったのである」

長崎から広島を襲う台風というのは、そうそうあるものではありません。秋月医師は、この稀有な台風に、見えない存在の意志、天主からの御はからいを感じ取っているのです。この時期に合わせたかのような枕崎台風の進路には、秋月医師ならずとも偶然とは思えず、見えざる力を感じざるを得ません。死から生への道へと、大きな転換をもたらしてくれた奇跡の神風です。心身ともに辛酸を極め最も悲痛な時期に、この神風に出会った秋月医師の感慨はいかばかりであったことでしょう。

台風、地震、火山の爆発など凄烈な天変地異に翻弄されることの多い日本列島ですが、すべてのことに善悪二面があるように、厳しい自然からの試練にも、秘められた天の大いなる意志が込められているのかもしれません。

長崎や広島と異なり、核実験が行なわれたネバダ砂漠や、核事故が起きたチェルノブイリにおいて放射能、放射性物質の顕著な減少は見られていません。その原因のひとつとして、乾燥したネバダ砂漠や気温の低いチェルノブイリでは、有用微生物群が活動できる環境に無いことが挙げられています。このような微生物の生息には、ある程度の湿度と気温が必要であり、その点、国土のほとんどが温暖湿潤の温帯に属し、雨量も多い日本は、まさにうってつけと言えるでしょう。

美しく複雑な海岸線まで山が迫り、その間を、細くうねる急流が、渓谷の豊かなミネラルを削り、流れによって運ばれたその自然の恵みが、日本の豊穣な海をもたらします。このような海から「岩戸の塩」も生み出されています。

また、水蒸気をたっぷりと含んだ海からの空気が、日本の中央部を占める高い山脈にぶつかって上昇気流となって雲となり、雨や雪を降らせます。降雨、降雪による純粋で澄んだ水が、また川となって、海に降り注ぎます。なんとも見事な大自然の浄化と循環ではありませんか。

高温多湿な気候と、美しく豊かな水が、日本の文化を形作ってきました。農、食はもちろん、和紙、漆器などの工芸などに加え、発酵技術も、日本が世界に誇りうる「水と共生する繊細で秀麗な文化」の一つと言えるでしょう。

さらに、日本の国土は、温泉が豊富なことでも知られていますが、これらの温泉は、火山ばかりではなく、多くの地震を引き起すフィリピン海プレートなどの大陸プレートの活動によっても生み出されています。プレートが日本列島の下にもぐりこむ際に、大きな圧力がかかり、岩石から脱水が起こり、高温の熱水が生じます。この熱水が、地上に届くまでに地下水と混ざって非火山性の温泉が生まれるのです。地震との関係ばかりが強調される大陸プレートですが、このように、日本列島に大いなるパワーをもたらしてくれる面もあるのです。

日本に多く襲来し、毎年多大な被害をもたらす台風も同様です。台風に伴う豪雨は、日本に貴重な水を供給するばかりではなく、国土の環境を洗い浄化し、水と緑にあふれた温暖で風光明媚な日本の環境づくりに一役かっている面もあるのです。

私たちは、この豊かな自然を当たり前と思ってきましたが、世界的には稀であり、たいへん恵まれた国土に暮らしていることに感謝しなければなりません。しかし、私たちは、感謝するどころか、自然の破壊を社会の発展ととらえているふしもあります。貴重な自然の浸食を、この先も続けていくのならどうなるのか、それは、近年の常識を超えた異常気象を見れば明らかです。

私たちは、日本の恵まれた大地に深く感謝し、かけがえのない自然を守り、この国が生み出してきた食文化とともに、しっかりと後世に残していかなければならないと考えます。

第二章

知覧と安曇野を巡る シンクロニシティ —— 神の計らい

鹿児島講演会

先の戦争にまつわるエピソードをさらに続けましょう。

「神の計らい」という言葉があります。私は、前章でも神の御業、という表現を用い、また、秋月医師も、枕崎台風に天の意志を感じたと述べていますが、人生においては、まるで目に見えない意志に操られているかのような絶妙な廻りあわせが、時として起こります。

この章で私は、鹿児島県と長野県にまたがる神秘的な体験をご紹介したいと思います。単なる偶然なのか、それとも人智を超越した「神の計らい」なのか、そのご判断は、皆様にお任せしたいと思います。

そもそもの発端は、２０１１年10月に福岡で行われた私の講演会に、二人の女性が、はるばる鹿児島から九州を縦断して駆けつけてくれたことでした。

そのお二人、政元順子さん、吉井敏子さんは、講演が終了するや、興奮冷めやらぬままに私のもとへ駆け寄り、何かのスイッチが入ったかのように、次から次へと感想を語り続けてくれました。その溢れるような熱気に、こちらの方が圧倒される思いでしたが、参加者がここまで喜んでくれたことは、演者として嬉しい限りでした。

鹿児島へ戻った後、二人の熱い情熱は、すぐさま周りの友人や知人たちに瞬く間に広がりました。

そして、福岡の講演会から1か月もしないうちに、私は鹿児島での講演会のオファーをいただくことになったのです。もちろん私が二つ返事でお受けしたことは言うまでもありません。

日程も場所も早々に決定し、翌年の2月25日に、鹿児島の中心地、天文館のホールで講演会が行われることになりました。政元さん、吉井さん、さらに天文館の会場近くに店舗を構え、幅広い人脈を持つ中園郁子さんが中心となり、精力的な宣伝活動が展開されたことにより、当日は100名を超える参加者が集まってくれました。私など知名度もないだけに、ほぼ満員となった会場の盛況ぶりにただ驚き、感謝するばかりでした。情熱にあふれ、果敢に行動を起こし突っ走る、鹿児島の皆さんのパワーには圧倒されました。

ところで、インターネットの交流サイト フェイスブック（facebook）で、事前にこの鹿児島でのイベントを告知したところ、友人である茨城県在住の工務店経営者、北澤修さんから〝知覧巡礼を兼ねてぜひ参加したい〟との連絡が入りました。北澤さんは、本業の傍ら、若者の更生を助ける保護司としてのボランティアをしており、その仕事で関わる若者たちを、折に触れ知覧に連れていっているのです。

知覧は、かつて航空特攻の基地があった町として知られています。北澤さんによれば、保護司として関わる若者たちを知覧に連れていき、特攻隊員たちが残した遺書に触れさせ、最後を過ごした場所を一緒に巡ると、すさんだ彼らの気持ちや目つきがあきらかに変わるといいます。

かつて私は、広島県の江田島にある旧海軍兵学校跡地（現海上自衛隊第一術科学校）を見学したことがあるのですが、敷地内の資料館（教育参考館）に展示してあった特攻隊員の遺書を目にしたときの衝撃を、今でも忘れることはできません。

いずれもが達筆で、格調高い文面がしたためられており、戦前の教育水準の高さと隊員たちの教養の高さに深く感銘を受けました。しかも、死を前にして、自分のことよりも、家族や国を思いやるその気持ちが綴られた文章に、私は大きなショックを受けました。自らの運命を呪うこともなく、このように崇高な思いを持ち続けられるものなのか、戦争を知らない世代の私にはまったく想像もつかないことでした。その当時は、すでに医師として、ある程度の経験を積み始めていた時期ではありましたが、自分の生き方が、いかにも軽佻浮薄で貧弱に感じられ、情けなく思えて仕方ありませんでした。このとき、私は、自分たちが享受している現在の平和は決して当たり前のものではないことを痛感させられたのです。戦後の教育で日本人は、生きていく上で欠くことのできない覚悟や思いやりを失ってしまったのではないか、そんなやるせない感情にもとらわれました。

そのような体験もあり、私には、人生の進むべき道がわからない若者たちを、知覧に連れていく北澤さんの気持ちが良く理解できるように思えたのです。

私は、外科医という仕事を通じ、末期がんの患者さんと接するうちに、人間というものは、死を意識してはじめて、人生において真に大切なもの、最優先すべき自分の役割に気づくという習性があることを学びました。前作『見えない世界の科学が医療を変える』でもご紹介しましたが、がんの患者さんの中には、死が近づき、悲嘆に暮れ、深い悲しみに苛まれながらも、今生かされているありがたさに思いが至り、残されたかけがえのない時間の一瞬一瞬を、心豊かに大切に生きようという心境に至る人もいたのです。

戦争の足音が高まってきた戦前、当時の若者たちは、いつ死ぬことになるかもしれないという社会情勢の中で、常に死を意識しながら懸命に生きていました。死を意識する、という点では、がんの患者さんの心境にも通じるところがあったのかもしれません。彼らは、いつ死んでもよいという覚悟をもちながら、自分の命をどう使うのか、ということについて常に真剣に考えていました。江田島で見た特攻隊員たちの遺書からは、その強い気概がひしひしと伝わってきました。

若者たちに二度とこのような思いをさせてはなりませんし、特攻を美談にするつもりは全くありません。しかし、北澤さんに知覧に連れてこられた若者たちは、おそらくは、特攻隊員たちの生きたくても生きられないという痛切な悲しみと、極限状況の中においてもなお家族や国を思いやる愛の深さに、強い衝撃を受けたことでしょう。そして、同じ若者として、自分は何をやっているんだ、との反省が胸に去来したのかもしれません。結果として、彼らの考え方、生き様が、根底から大きく覆ることになったのです。

北澤さんは、当時すでに10回以上知覧を訪ねているとのことでした。北澤さんの話を聞くにつけ、私が知覧を訪ねてみたくなったのもごく自然の流れでした。さっそく主催者の政元さんに連絡を取ってみたところ、すぐにこの話に賛成してくれました。そして、北澤さんと政元さんが中心となり、知覧巡礼の計画が練られることになったのです。

北澤さんがいつも若者を連れて行く場所は、知覧特攻平和会館、飛行場跡地（現在は空き地）、隊員たちが最後の数日を過ごした三角兵舎跡地、隊員の母と慕われた鳥濱トメさんの資料館となっている旧富屋食堂ホタル館などでした。

北澤さんは、特に、トメさんの孫となるホタル館館長・鳥濱明久氏の語りを聞くこと、そして、三角兵舎跡地への参拝を最優先に考えていました。出撃までの間を知覧で過ごした特攻隊員たちは、富屋食堂でトメさんの作る食事を食べながら、故郷の家族を思い、遺書には残せない偽らざる心境をトメさんに語りました。館長は、トメさんから伝え聞いた彼らの最後の生き様を来館者に伝えてくれるのです。

三角兵舎は、米軍の空爆目標になりにくいように林の奥深くに作られ、しかも半地下の構造になっています。地上からは三角の屋根部分だけしかみえないのでこの名がつけられました。特攻平和会館には、三角兵舎のレプリカが展示されています。実際に私も見学しましたが、中は狭く暗いランプがあるだけです。隊員たちが、かけがえのない人生の最後の時間をここで過ごさざるを得なかったのか、と想像するだけで暗澹《あんたん》たる気持ちに囚われます。

この兵舎が実際に建てられていた林の中には、小さな碑が残っているだけです（現在は駐車場などが整備されています）。政元さんによれば、地元でもほとんど知られていないそうで、当日は北澤さんに道案内をお願いすることにしていました。

ところが、直前の２月23日になって、突然、思いもかけないことが起こりました。北澤さんがインフルエンザに罹ってしまい、５日間の安静を言い渡されてしまったのです。もちろん飛行機に乗ることなどできません。せっかくの予定をキャンセルせざるを得ない状況になった北澤さんの落胆は大きく、私たちにとってもたいへん残念なことでした。知覧行の計画も根底から見直さなければならなくなり、北澤さんしか知らない三角兵舎跡地や飛行場跡地には行けなくなってしまいました。知覧での見学は行ける場所だけに絞らざるを得なくなったとあきらめかけたとき、またしても想定外の出来事が起こりました。

政元さんが、知覧巡りに行くことをご家族に話したところ、高校教諭である政元さんのご主人の同僚の社会科の先生方が、２週間ほど前の研修で、北澤さんお勧めのコースをそっくりそのまま周っていたことがわかったのです。しかも、そのときに資料として使用された地図が手に入ったため、北澤さんが来られなくても、まったく同じ行程を訪ねることができることになりました。さらには、地元でもほとんど知られていない三角兵舎や飛行場跡地などを、政元さんはご主人の案内で下見しておくこともできたのです。なんという偶然なのか、驚いたのはもちろんですが、と同時に、こんなことありえないだろう、との思いが私の胸に湧いてきました。まるで誰かからこの場所に呼ばれているかのような、どこかしら普通ではない雰囲気を感じたのです。

しかし、あとから思えば、この出来事はほんの序章に過ぎませんでした。

知覧へ

さて、講演会の翌日、政元さん、吉井さん、中園さんに加え、車の運転を買って出てくれた東夏美さんが加わり、熱き4人の薩摩おごじょたちに連れられ、私は知覧に向かうことになりました。

前日の懇親会の興奮がまだ冷めやらぬ朝、4人の乗ったバンが、桜島を真正面に臨むホテルまで私を迎えに来てくれました。花曇りではありましたが、それでも眼前に広がる桜島をはっきりと望むことができました。ゆうゆうと噴煙をはき続ける桜島と、青々とした錦江湾とのコントラストがじつに鮮やかでした。壮大なパノラマを堪能した後、車は一路知覧を目指し出発しました。

今回の旅を演出してくれた影のプロデューサーともいえる北澤さんに感謝を捧げつつ、車を40分ほど走らせると、静謐でたいへん落ち着いた雰囲気の知覧に到着しました。辺り一帯の空気は凛として澄み切っており、まるで街全体が祈りに包まれた厳かな神社のようでした。

車は、まず北澤さんの思い入れがもっとも深い三角兵舎跡地に向かいました。

林の中にある三角兵舎跡地へは、車を降りて、木立のなかの細い道を歩いていかなければなりません。しかも、車道からの分かれ道には標識もなく、あたりに人家もありません。車で走っていると、入り口に気づかずにうっかり通り過ぎてしまいそうな場所でした。政元さんがご主人と下見をしていなければ辿り着けなかったことでしょう。それだけに、今回の地図にまつわる不思議な偶然があらためて思い起こされました。私たちは、たくさんの英霊たちの思いに引き寄せられ、必然的にこの街にやってきたのかもしれません。

三角兵舎跡地へと続く林道の入り口に到着すると、車を停め、私たちは車から降りて林の中へと向かい、細い道を歩きはじめました。

しばらく進むと、左手に石造りの小さな碑が見えてきました。木々に日差しを遮られ、あたりは昼なお薄暗く、しんと静まり返っています。碑の前までやってくると私たちは足を止めて並び、まず静かに祈りを捧げました。〝碑の周りを掃き清め、線香を捧げてください〟、と北澤さんから頼まれていましたので、皆であたりの枯れ葉を拾い掃き清め、碑に線香と花を捧げました。

20歳そこそこの若者たちが、この人里離れた裏寂しい場所で、家族や恋人と離れ、あまりに狭く暗い兵舎の中で、理不尽な運命と向き合わねばならなかった……、彼らはいったいどのように自分の気持ちに折り合いをつけたのでしょうか。平和が当たり前の世の中で育ってきた私には、その心境を推し量ることなどできるはずもありませんでした。皆、あふれる涙を拭きながら再び祈りました。

私たちには、彼らの悲しみに思いを馳せ、ただ祈ることしかできなかったのです。

お参りを終えると、私たちは無言で車に戻り、次の目的地である飛行場跡地や戦闘指揮所（司令塔）跡の碑へと向かいました。前途ある若者たちが、死地に向け離陸した際に見た最後の風景は、いかなるものであったのでしょうか、三角兵舎跡地を見学した後であっただけに、なおさら跡地をこの目でみたいという思いが強まりました。しかし、現地についてみると、どちらも碑が残るだけで、まわりは道路や野原になっており、残念ながら、かつての名残を思わせるものはなにもありませんでした。亡き隊員たちへの後ろめたさを覆い隠そうとでもするかのようなこの扱いに、私たちの気持ちはさらに重くなりました。

次に、車は、特攻隊員の母・鳥濱トメさんと隊員との交流の資料を展示するホタル館「旧富屋食堂」に向かいました。北澤さんが、前もってホタル館に連絡し、館長である鳥濱明久氏の語りが聞けるよう万全の手はずを整えてくれたので、鳥濱氏は、我々が到着するや、頃合いを見計らって展示資料の前に立ち、静かに語り始めました。

話が進むにつれ、鳥濱氏の物言いは、トメさんの魂が乗り移ったかのように熱を帯びはじめ、鬼気迫る凄味さえ感じさせるようになりました。鳥濱氏の口からは、何人もの特攻隊員たちの最後の様子が、ありありと語られましたが、中でも、ホタル館の名前の由来となった宮川三郎軍曹のエピソードに、私はひときわ強く胸を揺さぶられました。

宮川軍曹は、知覧から少し離れた万世飛行場から一度特攻に出撃しましたが、機体不良のため帰還を余儀なくされました。生き残りの烙印を押された彼は、昭和20年（1945年）5月、知覧に移ってきます。それからまもなくのこと、再び宮川軍曹に出撃命令が下されました。運命の日は昭和20年6月6日、なんと、その前夜は宮川軍曹の満20歳の誕生日だったのです。

その夜、トメさんは、真心こめた手料理で誕生日祝いと出撃の宴を催しました。

宮川軍曹は、窓の外に舞う蛍をみながら、

「おばちゃん、俺、心残りのことはなにもないけど、死んだらおばちゃんのところへ帰ってきたい、そうだ、蛍だ、蛍になって帰ってくるよ。

9時だ、明日の晩の今頃に帰ってくることにするよ。俺たちが入れるように、店の正面の引き戸を少し開けておいておくれ。俺が帰ってきたら皆で同期の桜を歌ってくれよ」

「ああ、帰ってらっしゃい」

とトメさんは答えました。

そして翌日、宮川軍曹は出撃していきました。

その日の夜、ラジオが9時を告げ、ニュースが始まって間もなく、表戸のわずかな隙間から大きな蛍が入ってきました。

トメさんの二人の娘さんは、すぐに蛍に気が付き、

「宮川さんよ、宮川さんが帰ってきたわよ！」

と叫びました。周りの皆はただ息をのみ、その光景をみつめるばかりでした。

しばらく食堂の中を舞った後、その蛍は柱に止まり、お尻を光らせ始めました。

「宮川さんだ」

誰かが口火を切るや、食堂内がざわつき、誰からともなく同期の桜を歌い始めたのです。

約束を守って「帰還」を果たした宮川軍曹と、約束通り同期の桜を歌って迎えた食堂の仲間たち、蛍をめぐるあまりにも悲しくせつない交流でした。

上原良司少尉の「所感」

鳥濱氏の語りを聞き終えた私たちは、しばらくの間言葉を発することもできず、ただ流れる涙をぬぐい続けました。そして、さまざまな思いに震える心を抑えきれぬまま、館内に展示されている書簡の見学に移りました。

家族を気遣う遺書や軍部への忠誠を誓う書簡が並ぶなか、私の目は、長野県安曇野出身、上原良司少尉による「所感」に釘付けとなりました。なぜなら、この遺書は、他のものとは明らかに一線を画していたからです。上原少尉は、出撃直前に、あろうことか、赤裸々に日本の体制を批判していたのです。

日付を見れば、昭和20年5月10日でした。ドイツの敗戦は5月8日であり、上原少尉はその事実をすでに知っていたことになります。その上で出撃に臨む心境は察するに余りあります。しかも、この時期に日本の敗戦について冷静に語るその内容に、強い衝撃を受けました。そして、武士を思わせる上原少尉の剛毅さと高い知性を窺わせる一言一言が、鋭く私の胸に突き刺さりました。

この手紙があからさまになれば、時節柄、彼の親族にも禍害が及ぶことは明らかです。そのため、この「所感」は、何重にも包まれ、出撃後も厳重に隠されました。しかし、その後、奇跡的に日の目をみることになったのです。

以下、展示の解説から抜粋いたします。

上原良司少尉　22歳

長野県安曇野出身　開業医の三男　慶大経済学部在学中に学徒出陣。二人の兄は慶大出身の軍医でともに出撃後戦死。

出撃前夜　所感（昭和20年5月10日）

「権力主義全体主義の国家は一時的に隆盛であろうとも、必ずや最後には敗《やぶ》れる事は明白な事実です。我々はその真理を、今次世界大戦の枢軸国家において見る事が出来ると思います。

ファシズムのイタリアは如何《いかん》、ナチズムのドイツまた、既に敗れ、今や権力主義国家は、土台石の壊れた建築物のごとく、次から次へと滅亡しつつあります。真理の普遍さは今、現実によって証明されつつ、過去において歴史が示したごとく、未来永久に自由の偉大さを証明して行くと思われます。自己の信念の正しかった事、この事はあるいは祖国にとって恐るべき事であるかも知れませんが、吾人《ごじん》にとっては嬉《うれ》しい限りです。現在のいかなる闘争もその根底を為《な》すものは必ず思想なりと思う次第です。既に思想によって、その闘争の結果を明白に見る事が出来ると信じます。……

一器械である吾人は何も言う権利もありませんが、ただ願わくば愛する日本を偉大ならしめられん事を、国民の方々にお願いするのみです。……

明日は自由主義者が一人この世から去って行きます。彼の後姿は淋しいですが、心中満足で一杯です」

命あるままに飛行機ごと敵艦に突撃しなければならない特攻とは、いうまでもなく100%帰還が許されない作戦です。このような任務を受け、遂行する兵士は、通常の精神状態でいられるわけがない、と私は考えていました。しかし、その先入観が完璧に打ち砕かれるほど、私はこの「所感」に驚愕させられました。上原少尉が、この時点においても高い知性と冷静さを保ち続けていることが、この文章からはっきりと読み取れたからです。それだけに、余計に、「一器械である吾人」という表現が、胸に重く響きました。

上原少尉は、別の機会に、陸軍報道班員である高木俊郎氏の取材を受け、出撃直前の言葉を残しています。

「全体主義で、戦争に勝つことはできません。日本も負けますよ。私は軍隊でどんなに教育されても、この考えを変えることはできません。私は、軍隊のなかにいても、自由主義者です」

あまりにもあからさまな表現に思わず息をのみますが、高木氏もよくこのような感想を残したものです。このような冷静な判断力がありながら、上原少尉は、「所感」の最後に、「心中満足で一杯です」と書き残していました。秘することを決めていた「所感」には、誰憚《はばか》ることなく、本心を吐露していたはずで、この「満足」は、虚栄ではなかったと私は考えています。日本の敗戦を予想しながらも、「満足」と言い切った上原少尉の心中は、いかなるものであったのでしょうか。

上原少尉の心情に思いを馳せる時、私には一つの有名な言葉が心に浮かびます。

「武士道といふは、死ぬことと見つけたり」

有名な葉隠の一節です。所詮、人はいつか必ず死ぬべき運命にあります。その現実の前には、あの世に持っていけない必要以上の金、物、名誉などは意味をなさなくなってきます。そうであるなら、人生の最終的な目的とは、俗物的なものに拘《こだわ》ることではなく、いかに美しく心豊かに、最後の瞬間まで輝いて生き切るかに尽きる、ということになるのです。

自らの命を輝かせるために、かつて、武士たちは、どう使えば自分の使命を果たせるのかを第一に考え、命を懸けて主君に尽くし、忠義を貫き通しました。この態度こそが、人の道を全うすることになると考え、さらには、かけがえのない家族を守り、戦のない平和な社会を築くことにつながると信じていたのです。

「自らの命を懸けて、人のために尽くし、心豊かに人生を生き切る」この究極の利他の精神が、武士道の神髄です。

この国が生まれ変わることを信じる上原少尉の心の奥には、この日本古来の武士道精神に通じる純粋な愛国心があったのではないでしょうか。

日露戦争でロシアのバルチック艦隊を完膚なきまでに殲滅させた名将秋山真之《さねゆき》中将は、〝無識の指揮官は殺人犯なり〟との言葉を残し、一番犠牲が少なく、敵を撃破する作戦が良い、をモットーとしていました。その伝統をくむはずの海軍で、航空特攻「神風特別攻撃隊」という非人道的な作戦がなぜ採用されたのでしょうか。「神風特別攻撃隊」の発案者とも言われる大西瀧治郎海軍中将自身、この作戦を「統帥の外道」と称し、日本の作戦のまずさを認め、悩んだとされます。しかし、その背中を押したのは、自ら特攻の先駆けを志願した部下たちであったとも言われています。

現代の私たちからすれば、信じられない行動ですが、しかし、上原少尉の所感を目にした私には、自ら志願した部下たちの信条が、少し理解できるように思われました。

戦時下における若者の考え方や行動を推し量るうえで、参考になりうるであろうもう一つの資料が、私の手元にあります。

それは、私の母方の伯父、柳澤常郎の遺稿集「飛練の記」です。常郎の弟で、新聞記者であった故柳澤茂が編集しています。

常郎は、先の戦時下において、航空隊に所属していました。

元の原稿は、ペンと鉛筆により見事な達筆で記されています。検閲もあったことでしょうが、厳しかった飛行訓練の日々の様子が伺われ、若干19歳で、心身共に過酷な試練を耐え抜いていた伯父の心中が偲ばれます。

昭和19年1月、常郎は、予科練（甲飛十一期生）を19歳で卒業、長崎県大村航空隊に入り、飛行練習生三十六期生となりました。零式艦上戦闘機（零戦）FC五二型操縦士となり、7月に四国松山航空隊に転属、同年8月26日、瀬戸内海上空で、編隊飛行訓練中、僚機と衝突し、命を落としました。

「六月二六日
……技倆は優秀でも肚できておらざれば墜されると言う。

技倆はのびてゆくが、肚は一朝一夕にはできてゆかぬと分長は言う。肚を造れ、精神をつくれ、というのである。

俺は想う殉国の精神、憂国の情。大いなれば、それより出来てくるものと信じて止まず。勉めて肚の完成に進むべし（以下略）」

「七月二日（最後の日記）
明けた二日は、四時半起床、いまだに心は弱い。雨だ。
昨夜の甲板整列がきいたのか、ぼうっとしている。分隊の士気の粗喪するのを非常におそれる。
数えてもたいした事はない。頑張ってゆこうぜ。死んだ気だ。（中略）
前線の兵士は、死を賭してやっているのだ。やるべし。国民すら……。（原文ママ）
国の運命を荷う我らに於てをや、である。
自負
飛機、飛機と国民全て叫ぶ語である。
誰しもあこがれ、唄に三つ子まで歌う飛機であり、予科練である。
祖国の運命を左右する飛機、航空戦」

ここで日記は終わっています。もはや書けなかったのか、残されていないのか、私には知る術はありませんが、伯父の悲壮なまでに強い覚悟がひしひしと伝わってきます。

茂は、〝全文にあふれる只ひたむきの祖国愛の純粋さに私は胸を打たれる。そして、家族が住む愛する祖国のため、いつでも生命を放り出す覚悟と情熱が文面に迸《ほとばし》りだしている。戊辰の役、会津を守ろうとした白虎隊の心境を思い出すのだった〟と評しています。

かつて会津の支局に赴任したこともある茂は、いみじくも常郎の心境をして、あの白虎隊になぞらっています。茂が、常郎と白虎隊から感じ取ったものは、私が上原少尉に感じたものと同じ、武士道精神であったのかもしれません。

現代の私たちからは想像もつかないことですが、純粋な祖国愛は、常郎や特攻隊員のみならず、死を覚悟した当時の多くの日本兵に共有されていたことのように思えます。彼らは、武士と同じように、自らの行動が、愛する人たち、さらには国を守り、これから生まれ変わる新しい日本の礎になると信じることで、自ら納得していったのではないでしょうか。「武士道といふは、死ぬことと見つけたり」を体現した生き方とも言えるでしょう。

翻って、現在に生きる私たちは、上原少尉たちのように、自分の国に命を懸けてもよいと思えるほどの誇り、矜持をもてているのでしょうか。そして、特攻隊員たちが命を賭して守ろうとしたこの国は、実際、彼らの望む姿になっていると言えるのでしょうか。彼らの純粋な愛国心を、私たちは受け継いでいるのでしょうか。

私は、戦争賛美者でも国粋主義者でもありませんが、他の国へ行けば、愛国心を持つことはごく普通のことです。もちろん排他的な愛国心は言語道断ですが、日本人は、戦後教育により、国民として大切にすべき何かを失ってしまったように思えてなりません。繰り返しになりますが、上原少尉や伯父が抱いていた純粋な愛国心、そして、日本人が大切にしてきた武士道精神をしっかりと受け継ぎ、この先、自分たちの手で守り、子孫に伝えていかなければならないのではないでしょうか。

とになります。

安曇野《あづみの》へ

知覧のエピソードは、これで終わることなく、さらにこの先、驚くばかりの展開をみせていくことになります。

鹿児島から戻り、さっそく知覧での体験談をインターネットのフェイスブックに掲載したところ、高校の同級生である髙橋善一郎君から、意外な書き込みが入りました。

「上原良司さんのお名前を初めて知ったのは小学生の頃でした。『きけ　わだつみのこえ』の一番最初に遺書が収められていました。（注：長堀の）鹿児島行きを知った時から、時間を作ってぜひ知覧に立ち寄ってほしいと願っていました。だから、上原良司さんのことを書かれているのを見た瞬間、本当に驚き、またうれしく思いました。（中略）

上原良司さんのこと、みなさんに紹介してくれてありがとう。心から感謝しています。（2012年3月1日）」

髙橋君は、私の鹿児島行に際し、前もって連絡してくることはありませんでした。つまり、彼が、知覧への格別な思いを私に伝えてきたのは、この時が初めてだったのです。それだけに、このメッセージのなかに、知覧、上原良司、という文字があるのを見て、私は思わず目を丸くしました。

さらに、彼は、このメッセージとともに、特攻隊、知覧関係の蔵書18冊を、一同に並べた一枚の写真を送ってきました。『きけわだつみのこえ』『同　第二集』『知覧特別攻撃隊』『知覧特攻基地』『特攻の町知覧』『英霊たちの応援歌』『最後の学徒兵』……自分にとっては縁遠い存在であった戦争、しかもこれまで深く考えたこともなかった特攻関係の本を、同級生の彼がこれほどまでに読み込んでいたことに、私はただ驚くばかりでした。

しかし、それだけではありませんでした。このとき、私は、髙橋君のフェイスブックに、零戦の写真がたくさん掲載されていることにも気づきました。彼によれば、米国にあるプレインズ・オブ・フェイム（航空博物館）を訪れたときの写真だそうで、この施設には、オリジナルの中島飛行機製栄《さかえ》エンジンを搭載した、世界で唯一飛行可能な零戦が展示されているとのことでした。

私なら、フェイムと言えば米国野球殿堂博物館（National Baseball Hall of Fame and Museum）に行くくらいがせいぜいでしょう。なぜ、彼が、知覧、特攻、零戦にこれほどまでに特別の感情を抱くのでしょうか、この思いは一体どこから来るのでしょうか、私は不思議でなりませんでした。

じつは、話はまだこれだけでは終わりません。何を隠そう、彼が現在住んでいるのは、上原少尉の出生地の安曇野にほど近い長野市です。彼は、東京生まれで東京育ちであるにもかかわらず、仕事の都合で、飛騨高山、神戸へと移り住んだ後、奥さんの実家にほど近い長野県に住居を定めたのです。

髙橋君は、当初転居した千曲市から長野市に引っ越すことになるのですが、その4か月前に、彼を歓迎するかのように、上原少尉の記念碑が安曇野池田のクラフトパークに建立されています。彼は、この記念碑の写真も合わせ送ってくれました。

こんな偶然がありうるのか、私はその写真を見て言葉を失いました。上原少尉と髙橋君の生き様の重なりはいったい何を意味するのでしょう。髙橋君の上原少尉への思い入れは、もはや思い入れという言葉だけでは説明のつかない、もっと深いところでつながる魂の宿縁のようなものさえ感じさせました。

しかし、髙橋君に関する偶然はこれだけにとどまらず、さらに思いもかけない方向に広がっていきます。

それは、知覧に行く直前の1月のことでした。

私は、序章でご紹介した黒澤明監督の「夢」を、やはりフェイスブックで紹介したのですが、このとき、髙橋君は、私にこんなメッセージを送ってくれていたのです。

『『夢』の中に『水車のある村』というエピソードがありますが、その撮影場所に行ったことありますか。信州安曇野の大王わさび農場という所です。映画撮影の為に作られた水車が今でもそのままになっています。我が家は一家揃って、安曇野好きでよく訪れるんですが、数年前に、川から撮った水車の写真があったので添付します。(２０１２年１月29日)」

このときは、あの水車小屋は長野県なのか、くらいの感想しか抱かず、まだ行ったことのない安曇野という地名も私にとっては、それほど深い意味合いを持ちませんでした。

しかし、今回、髙橋君と上原少尉が安曇野を通じて結び合わされたとき、この水車小屋も安曇野であったという記憶が、一気に私の中で呼び覚まされました。そして、私の頭の中で、今度は、髙橋君と上原少尉と黒澤監督が瞬時に一線でつながり、全身に電気が走るような衝撃を受けました。これらの一連の出来事はただ事ではない、もはや単なる偶然では片づけられない、見えない存在からの鮮烈なメッセージに違いない、私にはそうとしか思えなくなったのです。

矢も楯もたまらず、という言葉がありますが、私は、このとき、いますぐに安曇野に行きたい、行かなければならないという強い衝動に駆られました。私はさっそく髙橋君に連絡を取りました。彼も私の突然の訪問を大歓迎してくれました。そして、3月24日にさっそく長野へ行くことが決まりました。2月末の鹿児島講演会からたかだか一か月、信じられないような偶然が立て続けに起こり、すべての出来事が驚くような速さで進みました。なんと濃密な一か月であったことでしょう。

知覧に私をつなげてくれた北澤さんのことも忘れてはなりません。私はさっそく北澤さんにも連絡を取ったところ、喜んでこの安曇野行に参加してくれることになりました。そればかりか、北澤さんにとっても安曇野は大好きな土地で、バイクのツーリングでよく訪れる場所とのことでした。まるですべてが一本の見えない糸でつながっているかのようでした。

3月24日の午後、私は東京駅から長野新幹線に乗車し上野駅で北澤さんと落ち合いました。当日は、千曲市の温泉付ホテルを高橋君が予約してくれていました。私たちは、新幹線、しなの鉄道と乗り継ぎ、屋代駅に向かい、改札で待ち構えていた髙橋君と感激の対面を果たすこととなりました。人見知りのはずの髙橋君でしたが、初対面の北澤さんともすぐに打ち解け、旧知の間柄のように親しく話す様子は私には嬉しい限りでした。

その晩は、美味しい食事と温泉を楽しみ、すがすがしい気分で迎えた翌3月25日の朝、私たちはまず、この地を拓いたとされる「安曇氏」の祖神・穂高見命《ほたかみのみこと》と海の守り神である綿津見命《わたつみのみこと》を祀る穂高神社に参拝しました。

堂々とした本殿の脇には、樹齢500年を越える杉の巨木（孝養杉）が聳《そび》えたっていました。よく見ると、はるかその先端の梢には、遠目にもその雄姿がみてとれる立派な鷹が止まっていました。この鷹は、不思議なことに、この後も高橋君の運転する車の後ろや脇にピタリと付き添い、一日中、私たちを守るかのように随行してくれることとなります。この日の旅は、さまざまな幸運に恵まれていくのですが、この鷹は、私たちにとってまさに吉兆そのものでした。

穂高神社を後にした私たちは、大王わさび農場に向かいました。わさびはきれいな水でないと育たないと言われますが、この農場は、映画「夢」で見た通り、美しい雪解け水を満々とたたえた小川が流れ、歩いているだけで心が洗われるようなとても気持ちの良い場所でした。

清流のわきには、笠智衆さんが、映画のなかで名セリフを語った水車がひっそりと佇んでいました。笠さんや、黒澤監督もこの付近から、秀麗な安曇野の山々を眺めていたのでしょうか。私の心は、何とも言えない感慨でいっぱいになりました。**【写真1】**

おりしも園内の食堂では、マグロ解体ショーが行われていました。切り身にされたばかりの脂ののったトロが、次から次へと惜しげもなく無料で振る舞われていました。海から離れた高原で、まさか新鮮なマグロに出会うとは、私たちの感激もひとしおでした。

もともと、安曇野は、海洋民族である「海人族《あま》」と呼ばれた渡来人の「安曇氏」が開拓した土地と言われます。この日最初に参拝した穂高神社も、「安曇氏」にとって深い意味を持つ海の守護神を祀っています。ですから、わさび農場で供されたマグロも、安曇氏やこの地の海の神が、あたかも私た

写真1　安曇野大王わさび農場（2012 年 3 月 25 日）
（左より）北澤修さん、筆者、髙橋善一郎さん

ちを歓迎してくれたかのように感じられました。「安曇氏」や「海人族《あま》」は、後章でも登場してきますが、本書において狂言回しのように、各章をつなぐ重要な役回りを果たしていきます。マグロの解体ショーに立ち会えたことも、浅からぬ意味をもっていたのかもしれません。

わさび農場の美しい風景を十分に楽しんでから、私たちは、いよいよ池田クラフトパークの上原少尉の記念碑へと向かいました。この日、天気予報は雪だったのですが、ここまでは、時折薄日もさすほどで、大きく崩れることはありませんでした。

信州そばの昼食をとってから、私たちは、クラフトパークに入りました。この公園は、安曇野と北アルプスの山並みを見渡すことのできる丘の上にあり、広々としたとても清々しい場所でした。その一角に上原少尉の記念碑がありました。

「自由の勝利は
明白な事だと思ひます
明日は自由主義者が
一人この世から
去って行きます
唯願はくば愛する日本を
偉大ならしめられん事を

国民の方々に
お願ひするのみです
上原良司」

碑に刻まれた「所感」のこの一節を、私は、幾度となく読んできたはずですが、この地で目にすると、また格別の感動が湧き上がってきました。

上原少尉が幼いころから何度も見上げ、知覧の地でも繰り返し思い返していたであろう美しい安曇野の山々に囲まれながら、私たちは、しばらくその前でたたずみ、祈りを捧げました。なんとも言えない感慨に包まれながら、私たちは、広大なパークの片隅にあるレストハウスに向かいました。すると、私たちの参拝が終わるのを待ってくれていたかのように、突然雪が降り始めたのです。またこの時に合わせたかのように、朝からずっと私たちを追いかけてきた鷹が、クラフトパークの空を悠々と旋回する光景が私たちの目に飛び込んできました。その堂々たる姿は、深い感動とともに、私の記憶に今でもくっきりと刻み込まれています。

レストハウスに入ると、その2階には、上原少尉の記念館がありました。しかし、あいにくこの日は日曜日で休館でした。ところが、たまたま会合が予定されているとのことで、館内に一人の係員が詰めていました。そして、私たちが関東から訪ねてきたことを知るや、快く見学させてくれたのです。めったにお目にかかれないマグロ解体ショー、雪の降りだしたタイミング、そして記念館見学と、鷹や英霊たちに守られ、前もって整えられていたかのような旅は、すべてがうまく進行していきました。

この流れは、帰途においても続きます。記念碑でゆっくりしすぎたのか、駅に着くのが遅くなり、危うく予定の電車を逃してしまうところだったのですが、なぜかその到着が遅れたため、なんとか間に合い、乗ることができたのです。目指す電車が、ゆっくりとホームに入ってきたとき、私は思わず北澤さんと顔を見合わせ、笑い合いました。

今回の旅での信じられないような一連の出来事を通じ、私は、上原少尉、黒澤監督からとても大切なメッセージを託されたように感じました。以来、私は、自らの講演の中で、秋月医師の栄養理論、上原少尉の「所感」、映画「夢」の３つの話題を取り上げるようになりました。いずれも、ただ日本のみならず、人類がこの先、地球での暮らしを営んでいくために欠くことのできない重要な示唆を含んでいると考えています。

２０１４年11月20日、福島県いわき市において、歯科医である中山孔壹氏の主催による講演会が開かれました。迷いがないわけではありませんでしたが、私は、この講演会においても、この３つのテーマを取り上げました。現在の鹿児島県川内を見ても明らかなように、地震や原発は、もはや日本全国において、他人事とは言ってはいられない状況になってきたと考えたからです。この講演会では、迷いを吹っ切り、現代の切羽詰まった状況を生き抜くには、一人ひとりが、自分に何ができるかを考えていかなければならないと強く提言することを決意しました。

終了後、中山氏が奥さんに伝えた感想をここでご紹介いたします。

「今回一番嬉しかったのはね、この土地の人は、僕も含め、かみさまとのやくそくで、原発事故もあることもわかったうえでこの世に、このタイミングで、この土地に生まれてきた。ということは、みんなそれぞれの覚悟と役目がある、そのことに改めて気づかせて頂けたことなんだよね」

今読み返しても目頭が熱くなるような感動的なメッセージです。話してよかった、迷いもあっただけに、私はしみじみと感慨に浸りました。この中山氏の感想は、福島だけではなく、そのまま、地震が頻発し始めたこの日本列島に住むもの全員が共有しなければならない思いでもあると私は考えます。一人でも多くの方が、黒澤監督、秋月医師、上原少尉からのメッセージに耳を傾けてほしい、と願っています。

神話に学べ

この章の最後になりますが、『あゝ祖国よ　恋人よ――きけわだつみのこえ　上原良司』（中島博昭編、信濃毎日新聞社、２００５年版）から、「最後のメモ・ノート　昭和20年2月7日」を抜粋させていただきます。

「二・二六以来、日本はその進むべき道を誤った。……

権力主義者は己の勝利を願って、日本をば永久に救われぬ道に突き進ませた。

彼等は真に日本を愛せざるのみならず、利己に走って偉大なる国民に、その欲せざる方向を強いて選ばしめ、アメリカの処置をその意に訴えるが如き言辞を以て、無知な大衆をだまし、敢て戦争によって自己の地位をますます固くせんとした。……

かくて彼等は、一度は無知な国民の眼をあざむき得たが、時の経つに従い、天は自然の理を我々に示してくれたのである。彼等は、ジャーナリズムを以て、あくまでも国民の眼をあざむかんと努めたるも、自然の力にはその前に頭を下げざるを得なくなりつつある」

ジャーナリズムを以て、あくまでも国民の眼をあざむかんと努めたる、いったいこれはいつの話なのでしょうか。今、私たちは、メディアを通じて、必要な情報を手に入れられているといえるのでしょうか。また、いつか来た道を今一度通ることになるのなら、たぶんその時は、広島・長崎の比ではない程の惨禍が全世界を覆うことでしょう。政府が悪い、メディアが悪いと他人のせいにすることは簡単です。しかしそれでは何も変わりません。現在の政治家を選んだのは自分たちであり、すべては自己責任であることをまず自覚することから始まると私は考えます。自分の感性に従い、さまざまな玉石混交の情報を取捨選択し、実際に今、この国にこれから何が起ころうとしているのかを知ろうとすることはもちろんですが、と同時に、我が国に何が起こってきたかという過去の歴史を探ることも同じくらいに重要なことではないかと考えています。無関心、これは、いつの世も、為政者が国民に望むことではありますが、今の激動の時代には、一番望まれざることと考えます。

「十二、三歳くらいまでに民族の神話を学ばなかった民族は、例外なく滅んでいる」という一節が、とある歴史学者が語った言葉として、ときおり引き合いに出されます。誰が語ったかは別にして、国の成り立ちに関わる歴史を学ばなければ、愛国心の根幹となる民族としての誇りをもつことは難しくなることは確かであり、この言葉は、ある程度の真実を突いているように私は感じています。我が国には、戦前の反省からか、愛国心を口に出すことさえ憚《はばか》られる風潮もありますが、他の国を見下したり排他することのない正しい愛国心こそは、国民を元気づけ、一つにまとめていくための足がかりになるはずです。

国を良くするためには、私たち国民がまず国を愛することです。その第一歩は、国の歴史を学ぶことと考えます。私たち日本人は失われた歴史を取り戻さなければなりません。そして、私たち一人ひとりが、気づき、自覚し、自立することが社会を変えることにつながるのです。

この観点から、次章から、我が国の歴史を振り返ってみることにしたいと思います。近年続いている画期的な考古学的発見や神話をもとに、この国の歴史を、これまでとは少々違った方向から眺めてみることにしましょう。

第三章　東洋と西洋の接点 I

——輝ける縄文時代とメソポタミア文明

現代の古代史教育

国を良くするためには、国民がまず自分の国を愛すること、そして、その第一歩は、国の歴史を学び、本当の姿を知ること、そうすれば、自らが暮らす国の伝統、ならびに文化への敬愛の念も湧いてくるはずですし、大切に守り、残していきたいという願いにもつながることでしょう。そのような考えのもとに、この章からは、近年の考古学的発見を取り入れながら、従来とは少々異なった観点から、日本古代史の姿に迫ってみることにしましょう。

私の手元に、山川出版社から2015年に刊行された教科書「詳説　日本史B」があります。もちろん改訂を重ねてきていることでしょうが、かつて私も高校生の頃に学んだはずの教科書です。この本に記述されていることは、現代の日本人が一般教養として知っておくべき日本史の知識であり、見方を変えれば、学術の世界で認められている基礎的な共有事項といってもよいのかもしれません。

見出しを拾ってみますと、「日本文化のあけぼの」の項として、
旧石器時代人の生活　〜
縄文文化の成立（約1万3千年前より）〜
弥生文化の成立（約2500年前より）〜

小国の分立～邪馬台国連合（3世紀初め）～

古墳の出現とヤマト政権（3世紀中頃から後半）

との見出しが続いていきます。このあとに、蘇我入鹿が暗殺された乙巳《いっし》の変（以前は大化の改新と称されていました）を契機として、混沌とした古代の日本が、ひとつの律令国家として整えられていく道筋が描かれています。

「古事記」、「日本書紀」（以下「記紀」）に描かれるところの神々による国づくり神話やニニギノミコトによる「天孫降臨」神話は、この教科書には、まったく登場しません。それから、戦前まで日本の初代天皇とされてきた神武天皇に関しては、神武東征などの事績を含め、一切の記述はありません。

現実的には、神武天皇が即位したとされる紀元前660年は、上記の項目を参照すれば、縄文時代の末期に相当しています。従来、この時期には、この国に大きな権力はなかったものと考えられてきました。従って、実際には、「古事記」に初めて崩御年の干支が記載されている第十代崇神天皇が初代、との説が有力視されています。そして、初代・神武～十代・崇神の間の8人の天皇は、崩御干支はもとより、治世の記録自体の記載もほとんどないことから、「欠史《けっし》（闕史）八代」と呼ばれ、実在しなかったのではないかとも言われています。山川版教科書の内容をみても、歴史上に初めて登場する天皇は、崇神天皇になっているのです。

このように、戦前は、誰もが学校で教わる古代史のスーパースターであったはずの神武天皇は、終戦直後に生じた価値観の大変換という激流の中で、神話という寓話の世界に封じ込められてしまいました。つまり、戦前は、「記紀」神話がなんらの疑念を挟む余地もないままにすべて受け入れられていたのに、戦後になると一転、神話のすべてが事実ではないと否定されてしまったわけです。

神武天皇や「記紀」神話の扱われ方は、極端から極端へと走り、表面的には全く逆になったように見えます。しかし、よくよく考えれば、戦前も戦後も、その時代の「定説」が、自由な論議や厳密な検証がまったくなされないままに世論を支配し、批判や疑念が受け入れられにくい雰囲気であったという点では全く同じです。そして、多くの国民が「定説」に流されるなか、現代の日本の教科書では、誰がこの国を作ったのかについては全く語られなくなってしまいました。その結果、国民は、自らの国の歴史について興味を持たなくなったのです。

しかしながら、たとえ建国が紀元前660年ではないとしても、日本の皇室が、ギネスブックにも掲載され（現実的には4世紀とされている）、世界最古の歴史を連綿とつないできたことは間違いのない事実です。にもかかわらず、この世界最古の歴史をもつ「王室」の古代の姿については曖昧模糊とされたままであり、子供たちも、学校で教わることはなくなってしまいました。

自国の歴史に興味すら持てなければ、誇りなどは到底持てるものではなく、そのような国民が、国のために骨身を削って尽くそうなどと決意できるわけもありません。神話を失った国民が滅びる、という言葉がやけに現実味を帯びて感じられてきます。その意味では、我が国は、実に危うい状況にあるといえるのかもしれません。しかし、日本神話のすべてが否定されてきた風潮に、最近になって若干の変化が生じてきました。その端緒となったのは、近年相次いでいる考古学的発見です。その画期的な成果により、日本の古代史を今一度冷静に見つめ直そうとする機運が高まってきていきます。長らく未開とされてきた縄文時代に対する見方が、最近は随分と変わってきているのです。これまで、歴史の闇に埋もれてきた縄文時代の社会とはいったい、どのようなものだったのでしょう。

見直される縄文時代

この日本に国らしい形が出来上がったのは、いったいいつごろなのでしょうか。

国家と称されるためには、一定の土地に多数の人々が住み、支配するものと支配されるものの関係が成立していること、つまり、国民、領土、統治組織という要素が必要とされていますが、この定義に適う国家は、戦前においても、神武天皇が即位したとされる紀元前６６０年以前の日本列島には存在しなかったとされてきました。縄文時代末期に相当するこの時代には、文字もなく、人々は非文明的な生活をし、国としてのまとまりなどなかったと見做されてきたのです。神武天皇が否定された戦後においては、国家の成立はさらに遅くなります。

これまで世界最古の国家が成立した場所と考えられているのは、中東メソポタミア地方です。日本がまだまったくの「未開の地」であった紀元前5千年頃、チグリス川、ユーフラテス川沿岸のいわゆるメソポタミア（川の間の地）と呼ばれている地域にウバイド人が定住し、肥沃な土地と環境を生かし、後にこの地で栄えることになる文明の基礎を築き上げました。

その後、紀元前4千年前後に、シュメール人がこの地域にやってくると、一大変化が起こりました。シュメール人は、楔型文字を用いることにより記録を残し、また、天文学、太陰暦を発達させ、大規模な治水・灌漑《かんがい》施設や壮麗な神殿なども建設されるようになりました。そして、世界史の教科書の冒頭に登場するような高度な都市国家、ウル、ウルク、ラガシュなどが築かれていったのです。その結果、文字を持っていなかったとされるウバイド文明は、先史時代と呼ばれることになりました。

このように、メソポタミア地方に栄えた文明が世界最古であるとの説が、これまで誰もが信じて疑うことのなかった常識でした。ところが、俄かには信じがたい話ですが、その先進文明国家のシュメールと、未開の地であるはずの日本列島の間に交流があったのではないか、との説が、最近注目を集め始めています。

1998年、大平山元遺跡（青森県外ヶ浜町）で行われた調査で発見された土器を詳細に調べ、付着した炭化物を、放射性炭素年代測定法（名大中村俊男教授らによるAMS法）により算定したところ、1万6千5百年前のものと推定されました。もしそうであれば、ウバイド文明の黎明期をさらに遡ること9千年以上、つまり紛うことなき世界で最も古い土器ということになります。さらに土器に炭素が付着していたことから、食物の煮炊きをしていたということも判明しました。この遺跡からは、集落の形成も確認されています。

さらには、古代人が岩に刻んだ文字や文様であるペトログラフ（ペトログリフ、岩刻文字）が近年脚光を浴びるようになり、その研究が盛んになるにつれ、シュメールの古代文字と、日本に残されている岩文字がたいへんよく似ている、という事実がわかってきました。

それだけではありません。徳島県美馬市にある磐境神明神社《いわさかしんめい》には、五社三門と呼ばれる一風変わった石造りの拝殿があります。日本の神社にしては珍しく木造の拝殿がないのです。ユダヤの神殿アラッドに似ているとも言われますが、剣山の麓にあるつるぎ町でガイドをされている齊藤衛氏によれば、この神殿は、世界的にみても、シュメール人の渡来ルートに必ず存在する石積み神殿とそっくりと評価されているそうです。ちなみに、齊藤氏は、１９９８年、ポルトガルで開かれたユネスコ国際学会で、この五社三門を世界の学者たちに紹介し、絶賛を浴びています。また、１９９８年1月には、この神社を、アメリカ・ミネソタ州立ミネアポリス大学海洋考古学教室のフランク・ジョセフ教授が訪れています。同教授は、五社三門を、ハワイやイリノイ州などにある石積み式古代神殿と同じ構造であると述べ、〝人類文化の先史時代の海洋交流や移動を考証する貴重な学術資料〟と認めたことが徳島新聞に報じられています。

古代に、これほど遠大な移動を可能にする手段などなかったはず、との見方もあることでしょう。しかし、茂在寅男・元東京商船大学教授のように、奈良の清水風遺跡から45メートルの古代船が出土している事実をもとに、縄文人は我々が想像する以上に優れた航海術を持っていた、との説を展開する研究者も現れています。古代には、現代からは想像できないほど多くの巨木が自生していたために、頑丈な船を建造することも可能であったと考えられているのです。

語るべき文明はなかったと扱われてきた縄文時代ですが、もし世界最古の文明を築いたシュメール人と交流していたのなら、当然こちらにも相応の素養が備わっていたはずです。それはかりではなく、出土している土器だけみれば、日本の方がはるかに古いのです。ひょっとしたら、ペトログラフ研究の今後の進展次第では、世界史の常識が大きく覆る可能性もありそうです。古代の人々は、私たちの想像をはるかに超えて、ワールドワイドな活動を展開していたのかもしれません。

ペトログラフは語る

海外におけるペトログラフ研究は、ハーバード大学、ニューヨーク大学、カリフォルニア大学、イタリア先史時代研究所などの先進学術機関で行われており、学者たちの連携が進み、近年目覚ましい発展を遂げています。我が国では、国際岩石芸術学会連合の日本代表で日本ペトログラフ協会会長の吉田信啓氏が中心となり、研究が進められています。世界の研究者の間では、楔型文字に先立つシュメール古拙文字と同じ文字が、日本、中央アジア、アメリカに残っていることが、すでに確認されていると言います。

吉田氏は、著書『神字日文考《かんなひふみのこう》』において、古代文字のみならず、縄文時代に、すでに日本列島に国家が存在した可能性についても言及しています。

石器時代において、鋭利な刃物石器などの材料として重宝されていた黒曜石は、その主たる産地が大分県・国東半島沖の姫島であることが知られています。にもかかわらず、この黒曜石は、九州一円はもちろん、瀬戸内海沿岸や日本海沿岸の西日本一帯にまで輸送され、活用されていたという事実が考古学的に確認されています。その驚くべき広範な分布から、国東半島・別府湾の北岸地域には、高度な縄文交易拠点があったことが推定されるのです。

これらの考古学的知見を踏まえ、吉田氏は、〝近畿大和王朝以前に、国東半島は勿論のこと、九州や四国、中国、東北など、日本各地に王朝や国家が存在し、それらを侵略し、あるいは懐柔しつつ、近畿大和王朝を中心とした王朝国家を形成し、やがて国家統一を果たした〟と推測しています。要するに、交易文化の中心拠点には、地域に君臨していたであろう王朝や王国、大王などが存在していた、つまりは国家が成立していたはずだと指摘しているのです。

しかし、考古学者たちは、広範な黒曜石交易文化圏があったことは認めるものの、王国の存在について言及することはありません。なぜなら、日本では、戦前から、近畿天皇家以外の王朝はなかったと考える「近畿大和王朝一元説」が主流とされてきたからです。

吉田氏は、その流れに敢然と反旗を翻すかのように、当時の九州には「強大な部族とその統括者」、つまり、部族長たる王がいた、と主張しています。さらに、返す刀で、〝皇国史観に捉われた学者たちは、統治組織が存在していたであろうことは理解しても公式には発表しようとしない、日本の考古学は、虚弱体質の上に成り立っているから、いつまで経っても進展しない〟と痛烈に批判しています。

それだけではなく、吉田氏は、〝5、6世紀に漢字が伝来する以前の日本には文字はなかった〟、という日本人の常識にも疑念を呈しています。この常識に一石を投じたのは、ほかならぬ先述の海外の研究者たちだったといいます。彼らは、縄文時代から日本列島に人が住んでいたからには、漢字以前の文字が存在していて当然と考えており、〝このような古い文明を有する日本に文字がなかったはずはない〟、とばかりに日本での古代文字の発見を待ち望んでいたのです。

吉田氏のさらなる指摘です。

「一体、まったく文字を使ったことも、読んだこともない人々が、ある日、漢字が入ってきたからといって、即座に漢字を読み書きでき、漢字を使えるようになるのだろうか。……考古学者や国語学者のほとんどが一様に『否定』し、『後世に作られたものだ』と言い張る『神代文字《じんだいもじ》』群が、現在分かっているだけでも、伊予《いよ》文字、節墨《ふしはかせ》文字、豊国《とよくに》文字、阿比留《あひる》文字、秀真《ほつま》文字、守恒《もりつね》文字、神山《かみやま》文字、アイヌ文字など四十数種類の文字がそれぞれの地方にあって、それらを人々が知っていたからこそ、漢字が日本に入り、それを近畿大和王朝が採用し、統一国家としての日本で国字に制定した時点で、有識人を中心に極めて早い時期に普及し、地方にまで波及したものと考えるのが筋であろう」

歴史に名を残す稗田阿禮《ひえだのあれ》、和気清麻呂、菅原道真、源頼朝などの教養人たちが、伊勢神宮の神宮文庫に神代文字で記した奉納文を納めていることはよく知られた事実です。

欧州の知識人にとってのラテン語と同様、漢字が導入されて普及した奈良～鎌倉時代にかけても、当時のエリート達にとっては、日本古来の神代文字のどれかを使いこなせることが地位に伴う教養を示すバロメーターになっていたのであろう、と吉田氏は推測します。これらの文字が古代に実際に使用されていたことは学界では認められていません。しかし、3世紀において、すでに魏と交流していたことが明らかな卑弥呼たちが、なんらかの文字を持っていても決して不思議ではないはずです。古代における日本文化の開明度を探るためにも、今後のペトログラフ研究の進展が大いに期待されるところです。

「外圧」によって、こじ開けられたかのような感のある古代文字研究への扉ですが、ようやく平成に入ったころからペトログラフが世間の耳目を集めるようになり、研究のあらましは、NHK―BS、ニューステーション、ズームイン朝などのメディアでもしばしば取り上げられています。

吉田氏は、著書『先史海民考』のなかで、山口県角島で見つかった岩には、シュメール古拙文字の後に完成した楔形文字によって、アルダ（神に捧げる牛）と彫られていることを紹介しています。この角島は、ＪＲ特牛《こっとい》駅から船で約30分の場所にあるのですが、「コットイ」という地名そのものが、シュメールやエジプトの「特別な牡牛」を表す言葉と言います。つまり、牛を飼うという文化そのものがシュメール海民によってもたらされた可能性もあるのです。

ケルト、シュメール文明で使われていた古代文字や、ハワイで発見された記号とそっくりな文様が、遠く離れた日本でもみつかっていることに驚くばかりですが、このような事実を踏まえ、ハーバード大学も、縄文土器文化を持った移動型海洋民が、海浜地方に数々の根拠を作り活動しながら、シュメールやケルトの海洋民と何らかのつながりがあったことを推測している、と吉田氏は述べています。

画期的な提言を続けられた吉田信啓氏は、２０１６年（平成28年）８月逝去されています。多くの研究業績が後進に受け継がれ、さらに発展することを願うばかりです。

大和三山とレイライン

古代文明の残影を今に伝える遺跡は、ペトログラフに限りません。

古代遺跡には、恣意的に直線的に並んで建造されたものがあると言われています。この仮説上の直線をレイラインと呼んでいます。レイラインとして良く知られるものに、夏至線、冬至線が挙げられます。

夏至線とは、夏至の日に太陽が沈む西北西と、その真反対である東南東、つまり冬至の日に太陽が昇る方角を結ぶ直線のことです。同様に、冬至線とは、冬至の日に太陽が沈む西南西と、夏至の日に太陽が昇る東北東を結ぶ直線を指します。【図1】

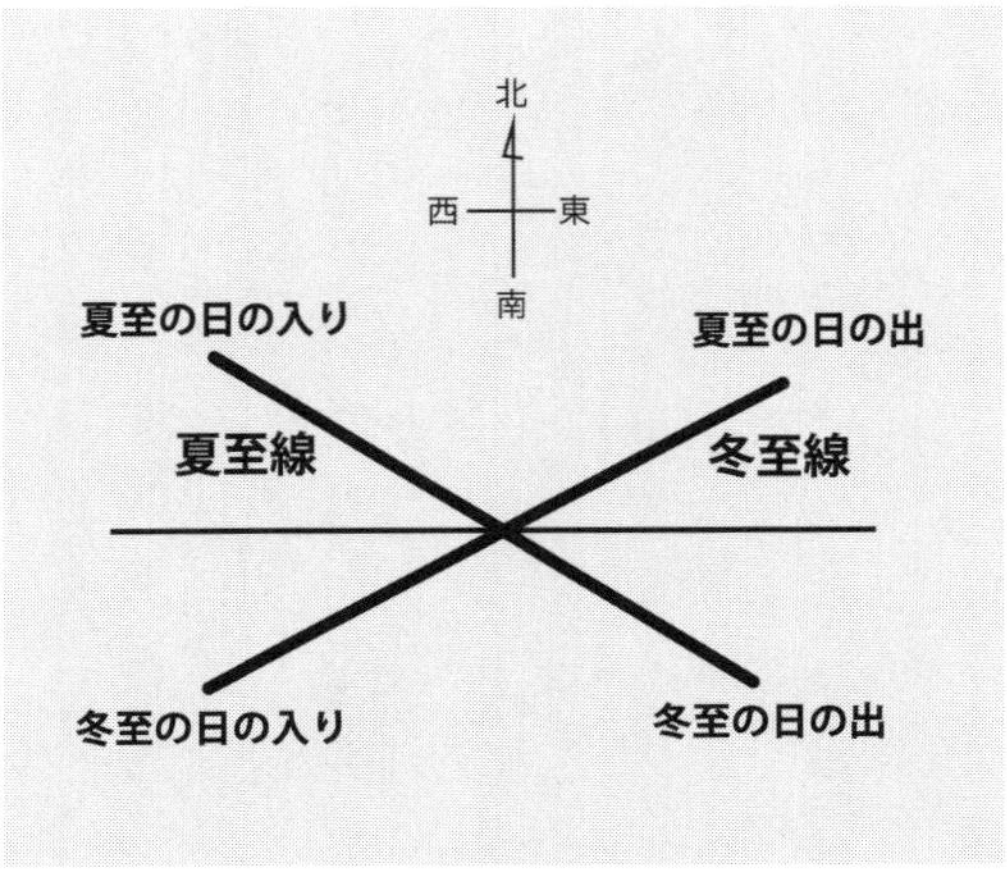

図1　夏至線と冬至線

経済人類学の立場から歴史を新たに見直し、『パンツをはいたサル』などの著作で知られる作家・栗本慎一郎氏の著書『全世界史』によれば、縄文時代中期以降、日本列島では、主要な夏至線と冬至線の交点には、必ず巨石が置かれたり、埋められていたことが確認されていると言います。太陽の運行を基準にしたこのネットワークは、偶然には決して作りえないものですが、ペトログラフと同様に、従来の常識よりはるか以前に、日本列島に大きな政治権力が存在していたことを推測させるものです。

　さらに、栗本氏は、大和三山と呼ばれ、古くから神聖視されてきた耳成山《みみなしやま》（１４０ｍ）、天香久山《あまのかぐやま》（１５２ｍ）、畝傍山《うねびやま》（１９９ｍ）に注目しています。そして、この三山が、見事な二等辺三角形を成しているばかりか、その頂点に当たる畝傍山から、大和の最高神山・三輪山の神坐（図右上方）を結ぶとちょうど大和三山をつなぐ二等辺三角形の中線となり、しかも、冬至線にピタリとかさなることを指摘します。

　そればかりではなく、畝傍山からこのラインを三輪山と逆方向に延長すると（図左下方）、忌部山と葛城山の山頂が一線上に乗り、三輪山から東北東に向かうと（図右上方）巻向山が重なってくるのです。**【図2】**

　工学博士の渡辺豊和氏は、著書『縄文スーパーグラフィック文明』のなかで、この大和三山を

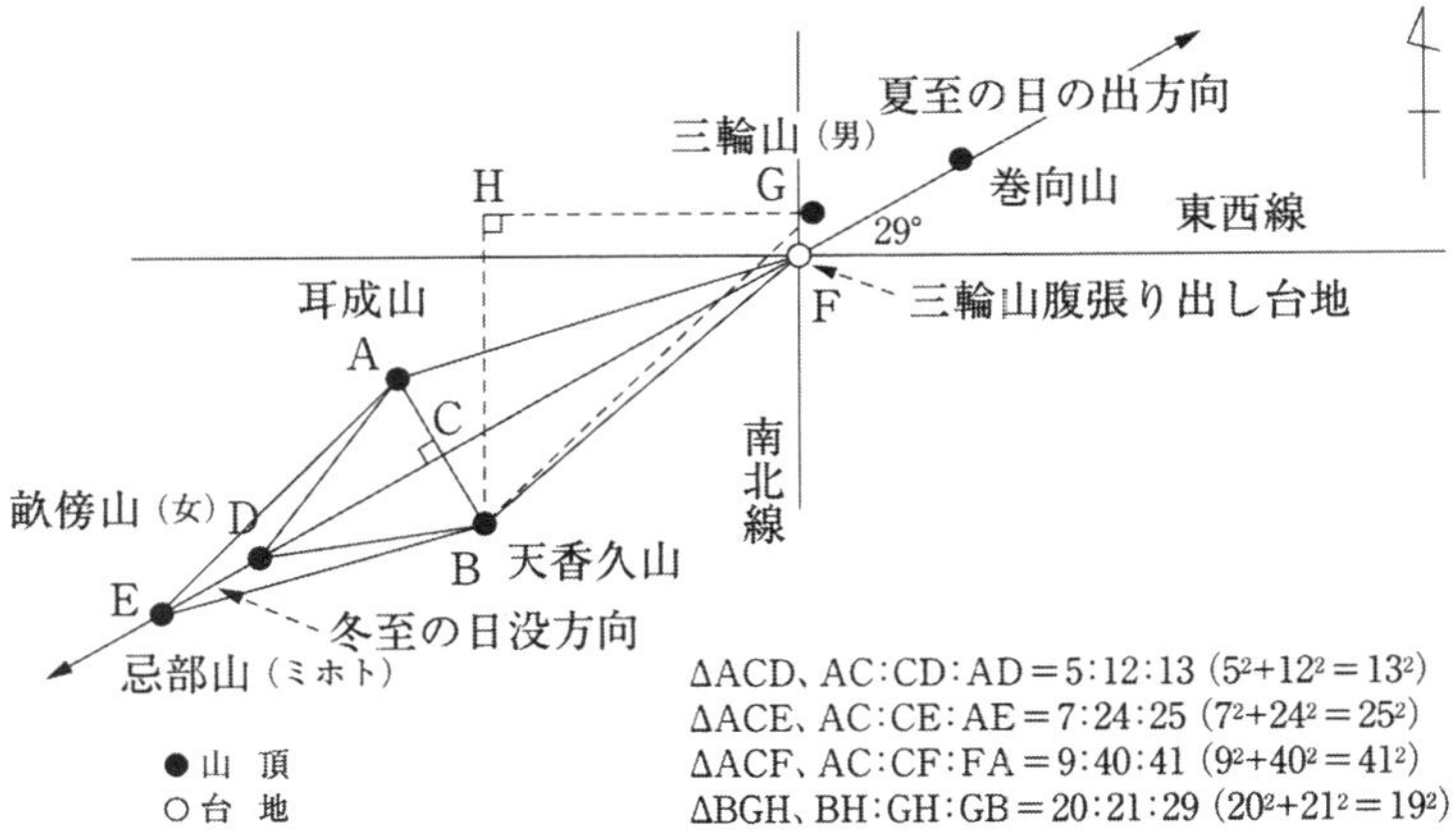

図2　大和三山の位置関係

〈出典　渡辺豊和 著『縄文スーパーグラフィック文明』（ヒカルランド刊）より〉

結ぶ直角三角形の比が、13：12：5になり、$13^2=12^2+5^2=169$、と鮮やかにピタゴラスの定理を成立させることを指摘しています。この三辺の比こそは、メソポタミアにおいて、聖なる三角形として珍重されていた黄金比であり、大和三山の各辺との一致は、到底偶然とは思えません。

また、整然とした容姿を誇る耳成山がぽつんと孤立していることと、耳成山と他の二山との位置関係から、渡辺氏は、耳成山は、聖なる三角形を形成する位置に意識的に、しかも極めて精妙に造設された完全な人工造山か、さもなければ大幅に整形を施した人工丘であろうと推定しています。実際に私も耳成山を訪れたことがありますが、山の稜線が見事な二等辺三角形を形成しているうえに、平らな盆地のなかに、耳成山だけがぽっかりと隆起している光景は、まさにピラミッドそのもののように思えました。

もし、耳成山が本当に人工の山であるのなら、なんという技術力なのでしょうか。のみならず、メソポタミアで重んじられる三角形の黄金比が取り入れられていることから、この壮大な土木建築物にも、ペトログラフ同様、西域との交流の影響が及んでいる可能性があります。その背景には、近畿大和王朝成立以前に、歴史に名を残さずとも、大規模で精妙な工事を可能ならしめるほど強大な権力が存在していたのかもしれません。

国東半島のペトログラフ

2015年（平成27年）11月29日、福岡での学会に参加した機会を利用して、熊本在住の友人福田和宏さんの案内により、日本最大と言われる国東半島のペトログラフを見学する機会を得ました。そのペトログラフは、宇佐神宮から車で1時間ほど走った場所にある明見岩《みょうけんいわ》という磐座《いわくら》に刻まれています。決して簡単に行ける場所ではなく、福田さんも、人伝に聞いて、やっとの思いで行き着いたそうです。

実際に、この日も福田さんは、標識も目印もないところで車を停め、いきなり細い道に踏み込んでいきました。そして、人家の軒先のような敷地を抜け、さらに山道に分け入り、森の中をしばらく歩き続けていったのです。はぐれると道に迷うことは必定でした。私は戸惑いながらも必死についていくと、突然、木立の中にぽっかりと小さな空間が現れました。近づいていくと、その中央に、巨大な岩が堂々と鎮座する姿が目に飛び込んできました。木漏れ日をスポットライトのように浴びて、ほの暗い周囲の景観の中から浮かび上がるかのように見えたこの岩が、目指す明見岩《みょうけんいわ》でした。その名の通り、表面を淡く覆う苔までもが、わずかな日差しを浴びて、鮮やかに輝いていました。まるでいつも誰かが手入れしているかのようでした。

さらに目を瞠《みは》らされたのは、岩に刻まれた絵文字が、実にくっきりと残されていることでした。

地元の人によれば、50年に一度、山伏の格好をした人がどこからともなくやってきて、この岩のお浄めと絵文字の掘り直しをおこなってきたのだそうです。**【写真2】**（巻頭カラー口絵）

先出の吉田信啓氏によれば、この明見岩のようにペトログラフが刻まれた磐座は、山窩《さんか》と呼ばれる人たちの手により代々守られてきたといいます。山窩とは、〝縄文時代からの日本固有の伝統文化を維持してきた高度な文化・経済集団〟ともいわれています。弥生時代以降、ネイティヴ・アメリカンのように、生活の場を次第に制限され、山岳地帯に追い詰められていった部族ではないか、とも推測されています。

吉田氏は、この明見岩に刻まれた文字を、神代文字のうちの神宮文字と豊国文字であると指摘し、以下のように解読しています。

〈そこを焼き、良き地掘れ、下は疾く、日輪《ひわ》の神宣《の》りよ。此葺不合子二十五代《しふきあえすねつきよたい》、日神子《てむだ》（＊天皇の意）〉

意訳〈この一帯はよい土地だからしっかり耕作しなさい。山から海岸にかけては特に念入りに。太陽神を祀りなさい。鵜葺草葺不合《ウガヤフキアエズ》王朝　二十五代天皇〉

岩の裏面に刻まれた文字は、この天皇の御名、富金足中置天皇《トミアキタラシナカオキテンノウ》の名を表していると言います。

鵜葺草葺不合：ウガヤフキアエズ王朝は、「上記《うえつふみ》」や「富士宮下文書《ふじみやしたもんじょ》」には、神武以前に九州にあった王室であり、五十二代存続し、その最後の王が磐余彦《いわれひこ》、つまり神武天皇であったと記載されています。次章でも触れますが、日本の正史「記紀」では、鵜草葺不合命は、山幸彦の子供として登場していますので、日本の歴史には何らかの形で関わっている可能性があります。吉田氏や、歴史研究家の古田武彦氏らが指摘する「九州王国」の名残であるのかもしれません。

縄文の心　言靈《ことだま》

未開と考えられてきた縄文時代に、この国の民が、精密な設計のもと巨大規模の土木工事に励み、その一方で、土器を携えながら、海を越えて活躍していたのかもしれないと考えることは、それだけで心がワクワクしてくるようです。しかも、この時代の人骨には傷つけられた痕がほとんどなく、縄文時代は1万年以上にわたり、大きな戦闘のなかった時代であったことも明らかになってきました。

世界と幅広く交流しつつ、華やかな文化を謳歌する平和な社会、それは人類の一つの理想郷といってもよいでしょう。イギリスで起こった産業革命以降、現代文明は、たかだか二百数十年で、地球をこれだけの危うい状況に追い込んでしまいました。争いの絶えない現代の世界情勢を思えば、平和で豊かな時代が続いた一万年という悠久の縄文の日々が、奇跡のように感じられます。

それでは、ここでは、縄文の暮らしぶりの一端を、言葉の面から探ってみましょう。

ドイツ留学の折、お世話になった研究者が、学会参加のために来日し、当時私が住んでいた鎌倉市に遊びに来ました。彼は駅のローマ字表記の掲示を見ながら〝この街の名前はカマクーラでいいのか？〟と聞いてきたので、〝日本ではカマクラと読むんだ〟と普通に日本語と同じように発音して答えたところ、彼から、〝君の発音では、Kamakra だよ、カマクーラと発音しなければ、Kamakura にはならないよ。〟との指摘を受けたのです。まさか、自分が母音抜きの子音を発音しているなどとは夢にも考えたこともなかったので、私は、一瞬キョトンとしてしまいました。しかし、彼の指摘により、カマクラの〝ク〟は、外国人には、イントネーションを上げ、しっかり強調して発音しないと ku の音には聞こえないということに私は気が付きました。

日頃、日本人は、常に母音を発音しているものと思いがちですが、日本語のような平板な発音体系では、ku における u のように、単語の中にある母音は、しっかりと意識して発音しないと飛んでしまうことがあるようです。ですから、日本人、いや少なくとも私は、普段、k の音と ku の音をほとんど区別していないことを、今一度思い知ることになりました。私の発音が拙劣ということもあるのかもしれませんが、程度の差こそあれ、子音と母音の区別というのは、L と R の発音と同様に、日本人一般にとって決して得意なことではないようです。しかし、この特性は、外国語習得の際に、日本人にとって大きな障壁となることは間違いないのですが、と同時に、日本人の靈性を考える上ではたいへん重要になってくるようです。

東京医科歯科大学名誉教授、角田忠信氏は、『日本人の脳』のなかで、〝純母音系の日本語で育つと母音を左脳（言語系）で聞くが、日本語以外で育つと、子音を言語脳（左脳）で聞き、母音は右脳（音楽や物理音と聞く脳）で聞く〟と述べています。

自分の体験の言い訳をするわけではありませんが、角田氏のこの説によれば、私たち日本人は、母音と子音を同じ脳半球で処理しているので、分けて聞くことが難しいということが言えそうです。

また、このような脳の使い方をするからこそ、日本人は、母音が主体とされる自然界の音を、言葉と同じく有情のもの、意味のあるもの、生きものとして感じるようになります。つまり、〝風の音も虫の声も、外国人は騒音と同じ脳半球で聞くのに対し、日本人は言語処理脳で聞く〟のです。だからこそ、日本人は、自然の音に意味を感じ風情を味わうことができるわけです。一方、外国人は、自然の音を物理音として、意味のうすい物質的なものとして感じてしまいます。

この差は、先天的なものではなく、人種が違っても、幼少時日本語で育った人は、蝉の声を懐かしいもの、意味あるものに聞くといいます。他方、日本語以外で育った人は、日本人でも、蝉の声を機械音、騒がしい意味のない音と聞くようになるそうです。それほどまでに、言語が感性に及ぼす影響は大きいのです。

作家の山波言太郎氏は、著書『愛のことだま』のなかで次のように述べています。

「……すべての音が母音を伴う純母音系の日本語は、自然音と同じ癒しの波動を内蔵するものと言えます。一音一音が癒しです。それだから日本語を正しく発音すれば、言霊（人の魂を癒すエネルギーを発するもの）となり得ます」

自然の音は母音、つまり自然音につながり、癒しのエネルギーを発する母音あってこその日本語ともいえます。また、主語のない日本語は、相手と共有する現在の状況を表現しやすいため、お互いの共感を生みやすく、思いやりの心が育ちやすいとも言われます。この日本語が、日本人の優しい感性を育んできたともいえるでしょう。〝いかに言葉が大切か、特に母国語が大切か〟と山波氏は強調しますが、まさに、日本語あっての日本人なのです。

同じように母音と自然の響きに注目しているのが、詩人で朗読家の堤江実氏です。堤氏は、母音という癒しの波動に溢れた日本語のルーツを縄文時代に見出しています。先ほども述べましたように、近年の研究により、縄文という時代が、豊かな風土と食に恵まれ、世界にも類を見ないほどの高度な文明を築き、１万年以上にわたって集団で人が殺しあうことのなかった平和な時代だったらしいということがわかってきました。この縄文時代に育まれたのが、母音という美しい響きを持つ日本語であったのです。

堤氏は、著書『日本語の美しい音の使い方』で次のように指摘しています。

「豊かで平和な風土から生まれた、幸せな言葉。それが日本の言葉です。

自然に寄り添い、その循環、再生の息づかいに暮らしを合わせながら、豊かな恵みに感謝して、平和に仲良く、幸せに暮らしていた時代。長期間平和な社会を営むことが決して不可能ではないのだという証が、私たちの縄文時代です。

まるで奇跡のような時代。この、人類史上、他に例のないほどの素晴らしい時代にルーツを持つ言葉の響きが、やさしく穏やかで美しいのも当然のこと。これこそが、縄文から伝わる魂の遺伝子なのではないかと思われます……世界には日本の縄文時代に似た自然と共生する森の文明を生きた民族もたくさんいます。／ニュージーランドのマオリ、オーストラリアのアボリジニ、古代ヨーロッパのケルト、ゲルマン、南米のインディオや北アメリカの先住民。アンデスやマヤ……自然のすべてに神が宿ると信じ、森に寄り添い、その恵みを分かち合って、争わず、平和に暮らしていたのではないかと思われる人々。……そのほとんどが文字を持たず、多神教です。／そして、こうした国の言葉には、母音の響きの美しい言葉が多いように思われます。……

明治以来、名曲の数々が生まれた日本の小学唱歌には、「庭の千草」「蛍の光」「埴生の宿」など、ケルト系の国、アイルランドやスコットランドのメロディに日本の言葉をつけたものが多いのですが、まるで、はじめから日本語のために書かれたようなしっくりとなじむ美しさです。／実は、もともとケルトの音楽が、日本古来の音楽と同じ五音階のヨナ抜き音階（ファとシ抜き）だからではないかというのも、森の民の音にかかわる共通性ではないかと思われます。

母音の美しい言葉は、森の民の穏やかな性質を映したものなのかもしれません」

自然と親しむ心が、母音に溢れた言葉を生み出し、穏やかに皆と仲良く暮らす道を選ぶ、この生き方こそが縄文時代の生活そのものといえそうです。

「ペトログラフは語る」の項でも言及したケルトが、ここでもまた登場しています。数々の論文や怪談話を著し、小説家、日本民族学者などとして知られるラフカディオ・ハーン（日本名：小泉八雲）にも、ケルト民族の末裔とされるアイルランドの血が流れています。彼がここまで日本研究に没頭できたのも、同じ森の民の遺伝子のなせる技なのかもしれません。

私の友人であるケニア生まれの英国人アリ・アッタス（Ali・Attas）さんは、ケニアでも日本と同じように万物に靈が宿ると考える、ケニア人と日本人とは感性がよく似ており、日本はたいへん居心地がよいと言っていました。彼が時おり教えてくれたスワヒリ語も母音が強い上に、繰り返しも多く、日本語とよく似ています。ケニア生まれの彼のなかにも、森の民の感性が宿っているようです。

ペトログラフの研究によれば、ケルト人と縄文人は文字を共有し交流していた可能性のあることがわかってきました。ひょっとしたら、その交流の輪は、アフリカにもひろがっていた可能性もあります。その昔、世界には、無益な戦闘を好まず、平和な営みをはぐくんだ森の民の文化が、大きく広がっていたのかもしれません。

残念ながら、このような愛すべき文化は、金属製の武器を持ち、好戦的な人々に、次第に追い立てられていきました。しかし、どっこいその精神は、言葉に、言い伝えに、土着の宗教に、そして、アイリッシュダンス、フラなど、いたるところに残っています。どの文化も、靈性を大切にする文化と母音の美しい響きという共通性を有していることはたいへんに興味深いところです。今の行き詰まった社会に必要なヒントが、そのなかにあるのではないかと私は考えます。

堤氏はさらに訴えます。

「現在の人類は、自然を征服し、人間中心の論理に従わせようと強引におしすすめてきた結果、このままでは人類の存亡にかかわるというほど、ぎりぎりの瀬戸際まで地球環境を破壊してしまいました。

人間が中心。その発展を担ってここまできた科学への盲信。……それで、地球を支配できると考えるのは、あまりにも傲慢に思えます。

自然と共生して生きるにはどうしたらいいのか。与えられたものに感謝していのちを尊び、争わず、みなひとしく分かち合って平和に生きるためには、どのように生きたらいいのか。

日本の言葉の持つ遺伝子にひそむ森の民の知恵を生かすことはできないものかと考えます」

「言霊、音霊という言葉が象徴する日本の言葉は今、世界がもっとも必要としている、平和な社会、豊かな自然、多様なものの共存、すべての人々の幸せといったものをルーツとする素晴らしい言葉なのです」

いかがでしょう。堤氏が述べるように平和な社会、豊かな自然、多様なものの共存、すべての人々の幸せ、これこそが、今のこの世界に求められているとはいえないでしょうか。私も縄文の心こそが、日本人の精神性のルーツ、日本が世界にひろげていく使命を持つ宝物だと思います。

農地があれば、より経済効率を高めるために、工場やマンションが建てられていく、美しい海岸にも工場地帯やコンビナートが林立し、わずかに残された海辺にも護岸工事が施されていく、このような「発展」により、我が国は戦後、他国に類を見ない高度経済成長を遂げました。豊かになれば、皆が幸せになれる社会が到来するものと信じ、皆が頑張ってきたのです。しかし、実際はどうだったのでしょうか。現代の世相をみるにつけ、確かに経済的には裕福にはなったものの、この国は、自然の美しい風景とともに、とてつもなく大切なものを失ってしまったように思えてなりません。

自然を蔑ろにし、自然との触れ合いを忘れた人々は、人との付き合いも苦手になってしまうのではないでしょうか。このような人々は、自然のみならず、人を傷つけても何も感じなくなっていくようです。私は、今後さらに人々の心が荒んでいくのではないかと危惧しています。

時代が少し下がりますが、万葉集に、山上憶良が詠んだ歌の有名な一節があります。

「神代より　言《い》で伝《つ》て来《く》らく
そらみつ　大和の国は　皇神《すめかみ》の　厳《いつく》しき国《くに》
言靈の幸《さき》はふ国《くに》と　語り継ぎ　言い継がひけり」

古来、日本は言靈の力によって幸せがもたらされる国、憶良云うところの「言靈の幸はふ国」とされてきました。憶良は、遠方の任地へ赴く友人に、日本は、天皇の威容が国の隅々まで行き渡り、皆が美しい響きを持った言葉でふれあい、幸せに暮らしているから大丈夫だよ、と語りかけています。憶良の暖かい心遣いが心の奥底にまで広がってくるような、深い感動を呼び起こす歌です。

果たして、今の日本人は、憶良のように、自分の国の伝統や文化を心から信頼し、愛することができているのでしょうか。

以下、名越二荒之助著『世界に生きる日本の心』より引用します。この文章は、アメリカの社会科教科書（中等教育用　１９７８年 発行）に掲載されていたものだそうです。なんとも驚いたことに、ここには、無宗教と言われてきた私たち日本人が、古来大切にしてきた宗教観が、見事に集約されています。

「　神道の起源　The Beginning of Shinto

各地の氏族たちは、主として自然を崇拝する信仰を持っていた。

彼らは自然界のあらゆるものに生命があると考えた。

即ち木や山や川や、また太陽や月にも、生命があると考えた。

それらすべての事物が「神」と呼ばれ、英語では「ゴッド」と翻訳された。

これらの自然界の事物は深い敬虔の念をもって扱われた。

その後に祖先崇拝の思想が日本の宗教の一部となった。

やがてこれら二つの古代の宗教的信仰――自然崇拝と祖先信仰――が

神道と呼ぶ宗教の始まりとなった。

この一貫した信仰心は、今日の日本にあっても、なお重要な役割を持っている」

この短い文章の中に、日本の神と西洋のゴッドの違いも簡潔に述べられています。ゴッドは、単数ですが、神は複数、自然界のどこにでも宿っているものと考えられているのです。

日本人の宗教観の根本は、すべての自然を崇拝し、感謝を奉げることです。なぜこのような誇るべき日本人の美しい心をアメリカの学生は教わるのに日本では教えないのか、私は不思議でなりません。今、私たちは、今一度この生き方の神髄を思い出し、原点に立ち返る必要があるように思います。

第四章

東洋と西洋の接点Ⅱ

——「海人族《あまぞく》」はどこから？

「海人族」と「安曇氏」

第二章において、上原少尉と黒澤明監督をつなぐシンクロニシティの舞台となった安曇野は、「安曇氏《あづみ》」という氏族が移住したことにちなんで名付けられたとされます。

「安曇氏」は、最初の拠点である北九州の志賀島《しかのしま》から、全国に移住していったとされており、その影響力の大きさは、侮れないものがあります。「安曇氏」ゆかりの地には、阿曇・安曇・厚海・渥美・熱海などの地名が残されており、その勢力範囲は、豊川市の飽海川、伊豆半島の熱海から、出羽国（山形県）の飽海郡《あくみ》にまで広がります。さらに、志賀や滋賀も、志賀島由来として安曇氏との関連が指摘されています。

「安曇氏」は、航海術に長けていた渡来人部族である「海人族《あま》」に属すると考えられています。ちなみに、「氏族」とは、共通の祖先を持つ血縁関係の共同体を表し、複数の「氏族」が集まって「部族」、さらには「民族」を形成するとされます。一方、次章で登場する「支族」は、本家から分かれて別に一家をなす分家のことであり、「部族」に近いものと考えられます。

「安曇氏」の祖神を祀っている穂高神社の例大祭（御船神事《みふね》）のクライマックスでは、周囲に海がないにもかかわらず、大きな船形の山車「御船」をぶつけ合う勇壮な祭礼が執り行われます。この行事も、「安曇氏」が「海人族《あま》」であった名残と考えられていますが、もともと、尾張〜木曽〜信州は、渥美半島から上陸した「海人族《あま》」の多い地域としてよく知られています。

現役の神職でもある作家の戸矢学氏が、神道の成り立ちにおいて大いに注目しているのが、他ならぬこの「海人族《あま》」です。

「海人族《あま》」とされる氏族には、「安曇氏」のほか、元伊勢とされる丹後・籠神社の宮司家「海部氏《あまべ》」、熱田神宮の宮司家「尾張氏」、住吉大社の宮司家「津守氏」、筑前・宗像《むなかた》大社の宮司家「宗像氏」などが含まれます。

「海人族」に属するとされるこれらの家系は、いずれもその地の有力氏族であり、祭祀家であるところが注目されます。この蒼々たる顔ぶれを眺めれば、戸矢氏が指摘するように、「海人族」が、日本の神道における祭祀様式の確立に、少なからぬ影響を与えたであろうことは想像に難くありません。

それなのに、「安曇氏」も「海人族」も一般的にはあまり馴染みはありません。そこに何があったのでしょうか、これら氏族の不可思議な運命を通して歴史を眺めてみると、日本の古代史から、これまでは注目されてこなかった史実が、おぼろげながら浮かび上がってくるのかもしれません。

神話の陰に隠された古代史

近年、考古学の研究分野で続いた画期的な発見により、神話はなんらかの史実をもとに書かれているらしいという見方が広まってきました。古代史探訪の新たな扉が開かれ、「記紀」神話の世界に新たなスポットライトが当たろうとしているともいえるでしょう。私自身、戦後教育の中で育ってきたものの常として、「記紀」神話を史実とは全く関係のない作り話と見なしてきましたが、いまや考えは大きく変わり、神話を読み解くことが、日本古代史の封印を解くヒントになるのではと考えるようになりました。

１９８４年（昭和59年）、オオクニヌシの「国譲り」神話の舞台としてお馴染み、島根県の出雲市にある荒神谷遺跡で、銅剣３５８本、銅鐸６個、銅矛16本という他に類を見ない程多数の青銅器群が発掘されました。当時全国で発掘されていた銅剣は、合わせても３００本ほどでしたから、発見時の衝撃のほどがしのばれようというものです。古代史の常識を覆す一大事件といってもよいでしょう。ホメロスの叙事詩「イリアス」に描かれていた神話が、シュリーマンによるトロイの遺跡の発掘で実話として認められたことはあまりに有名ですが、神話の世界に封印されてきた出雲で一大遺跡が発見されたことにより、かつてこの地に大きな勢力があったのではないか、「国譲り」神話も何らかの歴史的事実をもとにしているのではないか、との説が現実味を帯びてきました。

それだけではありません。１９９８年（平成10年）には、鳥取県鳥取市青谷《あおや》平野から、大規模な土木工事跡を伴う青谷《あおや》上寺地《かみじち》遺跡が発掘されています。この遺跡からは、北陸・近畿・山陽地方の土器のみならず、なんと大陸や北九州の特徴を有する鉄製品、そして古代中国の鏡や貨幣もみつかっています。この発見以来、この地には、航海技術に長けた人々が住み、漁撈活動や対外交易を盛んに行っていた（まさに「海人族」を思わせます）と考えられるようになりました。と同時に、弥生時代後期（約1800年前）とされる109体分の人骨も出土していますが、10数体には、殺傷痕があり、争いがあったことが推測されています。隣の国、出雲の「国譲り」と関連した出来事であったのかもしれません。

銅鐸の出土数を地域別にみると、出雲を含む島根県全体では54個、兵庫では56個であるのに対し、鹿児島、宮崎からは発見されておらず、発掘数に明らかな地域差が認められます。このような地域的分布から、銅鐸の伝搬経路は、九州ではなく、出雲経由であったものと推測されています。また、銅鐸が祭祀に使用されたと考えられていることから、この銅鐸を携え、海を越えて出雲に渡ってきたのは、神道の家系を多数輩出する「海人族」であった可能性が高いと考えられます。

このように、考古学的には、銅鐸の伝達経路が出雲経由の可能性が高いのに対し、南九州には銅鏡が、北九州には銅剣が、それぞれ大陸から持ち込まれたと考えられています。その後、九州に渡来したこの銅鏡と銅剣文化が、出雲から近畿へと広範に広がり、次第に銅鐸文化圏を飲み込んでいったものと推測されます。

畿内からも多数発見されているにもかかわらず、銅鐸についての記事が「記紀」にないことから、作家の井沢元彦氏は、〝銅鐸について大和朝廷が無視・黙殺しているのは、これが征服された側の祭器だったから〟と断じています。つまり、征服側の論理により、被征服側の聖なる祭器・銅鐸は存在しないこととなったわけです。

歴史研究家の古田武彦氏も、荒神谷遺跡の様子から、著しく信仰的背景の異なる文化を持った外敵の攻撃などの大きな社会的な変動が起き、銅鐸の所有者が土中に隠匿して退散したのではないかと推測しています。

銅鐸を信奉し、出雲から近畿にまで広範に勢力を伸ばし、初期は連合王国であったヤマトの建国にもおそらく深く関わっていたであろう出雲の一大王国が、銅剣・銅鏡を崇める九州勢力に圧迫されていった経緯は、出雲王オオクニヌシが高天原を治めるアマテラスに国を譲る神話そのものです。つまり、荒神谷遺跡の発見により、神話の中から「国譲り」という史実が浮かび上がってきたわけです。

「三国史」における魏志「倭人伝」には、3世紀に卑弥呼が女王として倭国を治める前の2世紀後半に、倭国で大乱があったことが記載されています。この大乱が、出雲王国の衰退を招いた可能性もあります。銅鐸を信奉する出雲王国の「国譲り」は、もはや考古学が教えてくれている歴史の一ページであると言ってもよいのかもしれません。

消えた「海人族」

おそらくは、出雲の国づくりにも関与していたであろう「海人族《あま》」は、出雲のみにとどまらず日本各地に移住し、勢力を大きく広げていきました。見くびることのできない影響力を持ちながらも、歴史にはほとんど名を残すことのない「海人族」ですが、この名前が、わずかに表舞台に顔をのぞかせるのが、672年に起こった古代日本における最大の内乱「壬申の乱」です。

「壬申の乱」とは、天智天皇の崩御に伴い、天智天皇の子である大友皇子と、皇弟の大海人皇子《おおあまのおうじ》との間で起こった皇位後継争いを指します。天智天皇は大友皇子を後継と考えていましたが、この流れに反旗を翻した大海人皇子が「壬申の乱」で勝利を治め、その結果、天武天皇として即位することになったのです。この大海人皇子の大逆転勝利に少なからぬ貢献をしたと言われているのが、大海人皇子の名前から察せられる通り、他ならぬ「海人族」なのです。

日本の正史とされる「記紀」は、この天武の命で編纂されたとされますが、完成は死後25年以上を経てからでした。また、天武亡き後、妻の鸕野讃良《うののさらら》皇女が持統天皇として即位しますが、じつは、彼女は天智天皇の娘であり、天智の片腕であった中臣鎌足の子の藤原不比等を復権させています。

ですから、持統天皇は、朝廷の実態を、「壬申の乱」以前の天智天皇の時代に逆戻りさせたと考えられるのです。そのため、「記紀」にも不比等の意向が強く働いていたとされます。その完成は、奇しくも不比等の死と同じ720年でした。

さて、「歴史」が、勝者の記録であるなら、勝者の都合で歪曲されることは必定です。「記紀」における勝者は、天武天皇ではなく、持統天皇と藤原不比等、そして天智天皇と中臣鎌足でした。「記紀」の大きな目的は、万世一系の天皇家の歴史をつむぐことにあったのは間違いありませんが、結果として、天皇家の起源を高天原として出自をあいまいにし、不比等の父・中臣鎌足を、「乙巳の変」で、悪漢の蘇我入鹿を討ち果たした英雄に祭り上げ、礼賛することにも成功したようです。このような経緯の中、天武天皇を支えた「海人族」は、歴史の表舞台から消えていきます。

ここで、今一度敗者である「海人族」に着目しながら、「記紀」神話の世界を眺めてみましょう。「記紀」において、「海人族」の守護神「綿津見神《わたつみ》」が登場するのは、ご存じ、海幸彦（兄）と山幸彦（弟）の神話です。

海の漁が得意な海幸彦と、山の猟が得意な山幸彦との兄弟が、ある日猟具を交換し、山幸彦は魚採りに出掛けました。しかし、兄の釣り針を失くしてしまいます。

困った山幸彦は、道しるべの神である塩土老翁《しほつちのをぢ》の助言に従い、小舟に乗り、海神の宮殿「綿津見神宮《わたつみのかみのみや》」を訪れました。

山幸彦は、綿津見神宮で大歓迎を受け、海神・大綿津見神《おおわたつみ》の娘である豊玉姫《とよたまひめ》を娶り、楽しく暮らしていましたが、思いもかけず、3年もの月日が経ってしまいました。山幸彦は地上へ帰るにあたり、豊玉姫から、失くした釣針と、潮の満ち引きをあやつる不思議な玉を貰いました。そして、その玉を使って海幸彦をこらしめ、忠誠を誓わせたとされます。童話・浦島太郎の原典とも言われる神話です。

その後、山幸彦の子供の鵜草葺不合命《うがやふきあえず》（前章にも登場しています）は、豊玉姫の妹である玉依姫と結婚、その末子が、神倭伊波礼琵古命《カムヤマトイワレビコ》、後の神武天皇になります。つまり、山幸彦は、「天孫族」の先祖になるわけです。

ですから、海幸彦が、山幸彦に恭順したというくだりは、そこはかとなく、「海人族」が「天孫族」により次第に追い立てられていった経緯を偲ばせます。

「海人族」と呉

中国の史書「翰苑《かんえん》」（６６０年以前に成立）や「晋書」（６４８年編纂、どちらも「記紀」よりも古い）のなかに、日本人が「自らの祖先は呉の太伯である（自謂太伯之後）」と語ったという記録が残されています。他国の古文書に記録されているくらいですから、祖先は呉人、と語ったこの人物は、おそらくは相当な地位に就いていたものと思われます。

ここに登場する呉という国は、有名な三国時代（１８４年〜２８０年）における魏・呉・蜀の呉とは異なり、三国時代からさらに700年ほど遡った、紀元前585年頃に建国された国に相当します。この時代は、先行する周王朝が弱体化したことにより招来された春秋戦国時代（紀元前770年～紀元前221年）に当たります。

司馬遷の「史記」によれば、周王朝が末子に相続され、国を出ることになった王家次男の太伯が、呉を建国したと伝えられています。もしそうであれば、呉は周の分家となるわけです。また、先ほどの古文書によれば、この呉を建国した太伯の子孫を名乗る人物が、日本の古代朝廷に深く入り込んでいた可能性があります。先出の戸矢学氏は、その一団を「海人族」ではないかと推定していますが、「海人族」の多士済々ぶりを見れば、その可能性は十分にあることでしょう。

呉だけではありません。江戸時代初期の「日本書紀神代講述鈔」に、日本の倭漢通用の国称が、周の国姓と同じ「姫氏《きし》國」と記されていることなどから、周からの渡来人も、古代朝廷に深く関わっていたと推測されます。しかも、国称に周の国姓を用いているくらいですからただごとではありません。天皇家の起源を、周王朝とする説さえあるのです。3000年以上も前に建国された周国の血統が、滅びることなくいまだに続き、しかも我が国の皇室に関わっているかもしれないなどとは、俄かには信じがたい話です。しかし、実際のところ、周が驚くほど強靭な生命力を持っていたことは確かであり、古代中国の荒波に翻弄されながらもしぶとく生き抜いていくのです。この不思議な宿命を背負った国が、どのような経緯を辿ったのか簡単に振り返ってみることにしましょう。

殷を倒し、周が建国された紀元前１０４６年頃から、周の弱体化に伴い、遷都して東周となる紀元前７７１年までが周代とされています。その後、中国は、諸侯が乱立する春秋・戦国時代へと移行していきますが、この時代から、紀元前２５６年に秦に滅ぼされるまで、周は、東周として、したたかに生き残っていきます。しかも、秦の時代に国としては滅んでしまったにもかかわらず、なぜか周の王族だけは存続されていきます。その後、この王族の末裔が日本に渡り、周の国姓と同じ「姫氏《きし》國」を築いた可能性があるのです。

このような渡来人は、じつは、周や呉の出身者だけではありませんでした。秦の時代にも、大陸から日本へと大集団が渡来していたことが、中国の歴史書に明確に書き残されているのです。

徐福伝説

呉や東周が滅び、春秋・戦国時代が終結した紀元前２２１年、初めて中国統一に成功したのが、秦の始皇帝でした。

始皇帝が不死を渇望したことは良く知られていますが、その命に応じ、不老不死の妙薬を求めて日本に渡来してきたとされるのが、臣下の徐福でした。

司馬遷が公式に記録した歴史書「史記」の一節には、いわゆる徐福伝説が記されています。

道教・神仙道の方士（陰陽師の原型）であった徐福は、はるか東方の三神山に、不老長寿の仙人が住む蓬莱山に長生不老の靈薬がある、と始皇帝に具申し、その命を受け、東方に船出しました。徐福からの申し出をすっかり信じた始皇帝は、渡航に際し、海神への献上として良家の若い男女３千人、そして、あらゆる分野の技術者たちと「五穀の種子」を徐福に預けたとされます。これが事実であれば、平和な縄文人にとっては、黒船来襲のごとき、驚天動地の出来事であったことでしょう。その後、徐福は、東方に「平原広沢（広い平野と湖の地）」を見出し、民を治めて王となるや、二度と秦には戻ることはなかったのです。

大挙して渡来した集団の記録を残す日本側の文献としては、「先代旧事本紀《せんだいくじほんぎ》」が挙げられます。「先代旧事本紀」は、長らく偽書扱いをされてきたのですが、作家の戸矢学氏は、この書が、古神道では「記紀」とならび三部の本書として重視されてきており、近年見直しの機運が高まっていると述べています。

「先代旧事本紀」には、天磐船《あまのいわふね》に乗って渡来してきたニギハヤヒの降臨伝説が記載されています。「記紀」神話によれば、ニギハヤヒとは、もともとヤマトを治めていた豪族・長髄彦《ながすねひこ》を従える天神の子であり、降臨に当たり、アマテラスから、天神の子（皇位）の証しともいえる十種の神宝「天璽瑞宝十種《あまつしるしみずたからとくさ》」を授けられています。

神武がヤマトに東征した際には、ニギハヤヒは屈強な長髄彦とともに、二度にわたって神武とヤマトで決戦を繰り広げます。しかし、ニギハヤヒは、神武と互いの天神の子の証し（御璽《ぎょじ》）を見せあい、神武の高貴な出自を知るに至り、態度を翻し神武に恭順を誓いました。御璽は、アマテラスが授けた十種の神宝のなかにあったとされます。

「先代旧事本紀」の降臨伝説では、ニギハヤヒは、この神宝とともに、32人の将軍、5人の部の長、25人の軍部の長、船長・舵取りなどとともに、天磐船に乗り、大和国鳥見の白庭山に降臨しています。まさに、徐福の渡来船団を思わせる圧倒的なスケールです。

この「ニギハヤヒ供奉衆」には、実在した伊勢の神職家・度会《わたらい》氏や、安芸国造、宇佐国造、秩父国造らの祖に加え、多種多様な技能者までもが含まれています。彼らはヤマト政権の担い手となり、その後の主な氏族の祖となっていきます。「ニギハヤヒ供奉衆」に記載されるこれらの氏族には、実在の子孫が残っているため、「先代旧事本紀」の信憑性を高める一つの根拠とされています。

「ニギハヤヒ供奉衆」が、時を経て、様々な「もの」づくりを担当する技能集団、いわゆる「物部《もののべ》」になったと考えられていることから、ニギハヤヒは「物部氏」の祖神とも言われています。中国と日本に残された古文書の比較から、徐福をニギハヤヒに比定する研究家は少なくありません。

徐福伝説は、地元中国でも神話扱いされ、研究対象にはなってきませんでした。しかし、１９８2年、中国江蘇省連雲港市に徐福村が発見され、学術的研究がなされるに至り、徐福が実在の人物であった可能性が高まってきました。「中国の研究者のみた邪馬台国」で知られる歴史学者の汪向栄氏も、慎重な言い回しながら、徐福伝説は軽率に否定されるべきではない、と述べています。

戸矢学氏は、徐福一行の出航地として、琅琊《ろうや》台、現在の青島《ちんたお》を推定し、海流の関係から、朝鮮済州島を経て出雲へ上陸したのでは、と述べています。

作家の加治将一も、『失われたミカドの秘紋』のなかで、やはり、この徐福に注目しており、その漂着地を、戸矢氏と同じく出雲と推定しています。

加治氏は、徐福はまず朝鮮半島の馬韓に達し、その東を切り取り辰韓とした、そこで交易していた倭人と接し、海流に乗れば倭国の日本海側のどこかには漂着できることを知り、極楽浄土の建設を夢見て、倭国へ向けて出航したのではないか、と推測します。広開土王碑によれば、九州には、高句麗や新羅に攻め込むほどの圧倒的な軍事力を保有する倭国があり、確固たる基盤を築いていました。いわゆる「九州王国」であり、吉田信啓氏も、古田武彦氏もその存在を強調しています。この一大王国の支配地を避けて上陸するのであれば、その場所はおのずと出雲近辺に落ち着いてくることになります。

徐福降臨伝説は、鹿児島から、和歌山、熊野、さらには秋田、青森まで日本全国に残されています。不老不死の薬を求めて、徐福が日本全国を巡りあるいたその痕跡であるのかもしれませんが、徐福は個人名ではなく、官職名であったという説もあります。いずれにせよ、日本と中国、朝鮮半島が、活発に交流していたことを示す証左であるとも考えられます。周や呉の民と同様、この徐福の一団も「海人族」の有力な候補であることは間違いありません。我が国の古代史は、このような国際的な海洋交流の中で、積み重ねられてきました。つまり、この日本という国は、決して島国の民族だけで成立してきたのではなく、大陸や南方など、海外からの影響を色濃く受けながら、徐々に国の形を整えてきたのです。

始皇帝は西域から?

徐福の一団に、蓬莱行きを命じたとされる秦の始皇帝について、注目される考察があります。

加治将一氏は、「史記」のなかで、始皇帝の面立ちが「鼻が高く、目は切れ長」と、外国人顔に表現されていることを紹介したうえで、次のように論じています。

「西安、兵馬俑抗《へいばようこう》で見た横四頭立ての馬車は、……どう見ても紀元前一〇〇〇年あたりに猛威を振るったヒッタイトやエジプトの馬戦車です。シチリア島から出土した紀元前四五〇年から紀元前四〇〇年のコインは、兵馬俑の四頭立て馬車と目眩《めまい》がするほど瓜二つです」

さらに、全国を36の郡に分割して、守、尉、監を置いて支配する制度や、10里ごとに「亭」を設置し、税の徴収、文字・貨幣・度量衡の統一、治安維持にあたらせたことを挙げ、このようなアイデアは、始皇帝ただ一人で創設できる規模ではなく、おそらくは、外国人知恵者を集めた異人サロンで収集されたのだろう、もし始皇帝が、西域（メソポタミア、ペルシャ、ギリシャなど）の人間であれば、サロンを開催することはごく自然の振る舞いである、とも述べています。

中国では、現在、始皇帝陵発掘調査は中止になっているそうです。公式には、今の技術では、墓にダメージを与えるかもしれないという理由です。この点について、加治氏は、自国の始まりは漢民族によらねばならぬ、という国策が反映している可能性も否定はできないであろう、どこかの国を彷彿とさせる、と語っています。ちなみに、我が国でも、ニニギの陵墓などは、「陵墓参考地」として宮内庁の管理下にあり、調査は制限されていることが知られています。神話上の人物に過ぎず、戦後は実在を否定されてきたニニギの陵墓に、我が国の成り立ちに関わる秘密でもあるとでもいうのでしょうか。とても気になるところではあります。

さて、さまざまな史実を考察することにより、古代中国は、どうやら多民族が混在する国際色豊かな国家だった可能性のあることがわかってきました。

実際に、西域に発祥した原始キリスト教が、中国で景教として受け入れられていたことは、今に残る景教寺院から明らかです。また、高野山に「大秦（ローマ）景教流行中国碑」のコピーがあることから、空海が留学時代景教に触れ、その真髄を真言密教に取り入れたのではないかとも言われます。

加治将一氏は、原始キリスト教は、東アジアのみならず、インドにも影響を与え、アーメンから阿弥陀が生まれ、古代ユダヤ思想が浄土（ジュダ：ヘブライ語のユダヤ）教と呼ばれ、キリスト教の天国という考えが極楽浄土思想になったのでは、と推測します。

さらに、加治氏は、独特の破天荒な洞察力により、この推理をさらに発展させ、旧約聖書と漢字について、驚くべき分析をしています。

もともと中国の文字の起源は、甲骨文字であり、先ほどから幾度となく登場する周の時代に飛躍的に増加し、始皇帝が文字の統一を図ったとされます。その後、漢代になって、「漢字」として体系化されていることから、周、秦が、漢字発祥の上では大きな役割を果たしていることがわかります。

加治氏は、この漢字の成り立ちに旧約聖書が取り入れられている可能性を指摘し、いくつかの漢字を挙げ創世記の文章と比較しています。

『堯』……

孔子（周代に続く春秋時代に活躍）が残した中国における最初の王名、「兀」は人の足を表す。

「神は、土から人の形を造り、その鼻から息を吹き込み、人を造った。創世記二―7」

『禁』……

禁の「示」は、神、ないしは神が命じた言葉を表す。神は「林」を見て、アダムとイブに警告した。

「神が言った。善悪の知恵の木からは、決して食べてはならない。食べれば死ぬ、同二―17」

『裸』……

「女は果物を食べた。男も食べた。同三―6」

「二人は眼を開け、自分たちが裸であることを知り、いちじくの葉を縫って（衣とし）身体を覆《おお》った。

同三―7」

『船』……

「舟」は櫂を取り付けた舟の絵文字、ノアの方舟に乗船したのは「八」人である。「口」は人を表す。

「ノアと息子のセム、ハム、ヤフェト、ノアの妻、そしてこの三人の息子の嫁たちも方舟に入った。

同七―13」

『祭』……

「月」は肉、「又」は祈りの繰り返し、「示」は神を表す。

「ノアは主のために祭壇を築いた。そして、すべての清い家畜と清い鳥を焼き、献げ物として祭壇の上に捧げた。同八―20」

いずれの例も、単なる偶然とは思えぬ説得力があり、息を呑む思いがします。始皇帝の風貌を思えば、その周りに、旧約聖書の知識を持っているものやヘブライ語を操るものがいても何ら不思議ではないでしょう。それにしても、西洋文明の礎とも考えられてきた旧約聖書の文言と漢字を結びつけるとは、なんと大胆な推論なのでしょうか。東洋と西洋とは別個に文明を発展させてきた、というこれまでの常識が、私の中で大きく変容していくように感じられます。

世界史はアスカに始まる

前章において、古代シュメール文字と我が国のペトログラフが多くの共通点を有するということをご紹介しました。その結果、シュメールと日本はおろか、環太平洋地域からヨーロッパを含む広大な地域が、古代社会において、すでに幅広く交流していたのではないか、という驚くべき仮説が導き出されてきました。長大な距離を移動する手段として、まずは海洋航海が挙げられるのですが、じつは、その他の可能性も指摘されています。

作家・栗本慎一郎氏は、シュメールと日本を結ぶ架け橋として、メソポタミア文明と相前後し、温暖な南シベリアに興隆したユーラシア文明、ミヌシンスク文明を想定しています。この地に起こった華やかな文明が、シュメールと関わり合い、そして古代日本にも影響を及ぼして、飛鳥・アスカ文化を花開かせたというのです。

ミヌシンスクとは、シベリアの南、ハカス共和国の東でエニセイ川上流にある盆地名を指します。そして、この地域に栄えたミヌシンスク文明は、南シベリアのエニセイ川上流域までの豊かな草原と河川流域を通る東西ルートが中心となっています。広大で、比較的ゆったりと流れる大河は、日本の国土を流れる急流とは全く異なり、往来が容易なため、大洋を船で渡るより、はるかに安全に長距離を移動することを可能にします。また、凍結する冬にも馬や橇による氷上の交通が確保されるため、民族、文化や文明（いくつかの文化と地域をまとめる総合体）を結びつけるルートとしては、うってつけです。

この周辺を探索した栗本氏は、亜新石器時代から青銅器時代の遺跡が多数残されていることを確認しています。そして、この地域が、いまだ研究の対象にはなっていない理由として、ゲルマン人やユダヤ人の学者が、メソポタミア文明だけを始原的なものとみなし、南シベリア文明を雑物として扱い無視することを選んだから、と指弾しています。

この地は、古来、多くの遊牧民族国家の興亡を生み出しており、ここから発祥した騎馬民族の一部が、南へ降り、シュメール人となったのではないか、と栗本氏は推測した上で、さらに考察を進めていきます。

前章で、国家には、国民、領土、統治組織という三要素が必要と述べましたが、シュメール人は、国家を領域として捉えるのではなく、人の集合として考えており、自らを「人」と呼んでいました。この価値観は土地に縛られない遊牧民に独特とされています。

ミヌシンスクに発祥したスキタイ人やパルティア人も、同じ騎馬遊牧民で、その中心はアスカ（アサカ、サカ、エシュク）人でした。スキタイというのはギリシャ人が用いたあだ名であり、スキタイ、パルティアは自らを、サカ、アスカと呼んでいたのです。

スキタイ人は、ウクライナからクリミア半島にかけての黒海沿岸から中央アジアにかけて活躍し、パルティア人は、アケメネス朝ペルシャが滅んだあとに、メソポタミアの東にあたる現在のイランの地に、アルサケス朝ペルシャを建国しました（サーサーン朝により滅ぼされる）。

遊牧民であった彼らは、馬や船を使って移動し、交易を行い、土を盛った巨大なクルガンという墓をつくりました。注目すべきは、この墓のなかには、日本の前方後円墳に近いものがあるということです。栗本氏は、円墳を二つ並べ、方位の前方を意識して方墳にすれば、完全に前方後円墳になる、と述べています。その方位とは、真北から20度西にずらした方角を指します。この方角を北とする尺度を聖方位と呼んでいます。冬至の真夜中、この方向にシリウスが輝きます。シリウスは、マイナス1・5等星と最も明るい恒星で、第2の太陽とも言われています。つまり、聖方位とは、シリウス信仰に基づく基準なのです。

パルティア人によるアルサケス朝ペルシャでは、ゾロアスター教、ミトラ教が盛んに信仰されていましたが、ゾロアスター教の神殿や王宮はこの聖方位に基づいて建てられています。

古墳時代以降、日本にもこの聖方位を意識した建物が現れ始めます。そして、大和三山にもみられる縄文以来の夏至線・冬至線による太陽のネットワークは、聖方位ネットワークに押されていきます。この聖方位文化の中心となる都には、飛鳥という地名がつけられました。パルティアで信仰されたミトラ教において、聖なるものと崇拝される「飛ぶ鳥」にちなんでいます。読み方はもちろん、彼らが自らを呼ぶときに用いる名称アスカだったのです……。

実際に、２０１６年10月５日付の読売新聞によれば、奈良市の平城宮跡から出土した８世紀中頃の木簡に、ペルシャを意味する「波斯《はし》」という名字を持つ役人の名前が書かれていたことが、奈良文化財研究所の調査で明らかになっているのです。

聖方位にピタリと一致する建造物としては、応神天皇陵、飛鳥京、そして、飛鳥から斑鳩の里に向かう太子道（現・町道三宅70号線）などが挙げられています。関東地方にある鹿島神宮も、聖方位に基づいていることが知られています。どの方角を重視して建てられているかを考えれば、その時代に重んじられていた教義を推し量ることがある程度可能になるわけです。

２０１５年12月６日、京都での講演会の翌日、私は、奈良出身で現在サンフランシスコ在住の画家、西田マコさんにお会いし、彼女のご案内で奈良・三輪山を登拝しました。この年の九月、西田さんに呼ばれ、私は、サンフランシスコからだ会議で講演しています。その縁もあり、たまたまこの時期に帰国されていた西田さんに連絡し、案内をお願いしたのです。

登拝の襷をかけ、鈴のついた杖をもって歩き始めると、否が応でも敬虔な気持ちになってくるのが不思議です。急な坂道を上り続ける登拝は、冬でも汗ばむほどの運動量となります。山頂の平坦な参道に到着したときはつくづくほっとしました。その奥には、大きな磐座があり、遥拝所となっています。ここで祈りを捧げていると、西田さんの耳に、不思議な声が届きました。その声は、労《ねぎら》いの言葉に続いて、〝星と天の間の場所を大切にするように〟とのメッセージを伝えてきたそうです。

西田さんには何のことかわからなかったのですが、私にはピンとくるものがありました。
　横浜駅から相鉄線に乗ると、約5分ほどで天王町駅という駅に着きます。その次は星川駅です。この近辺は、かつて勤務していた病院にも近く、私にはとても馴染み深い場所です。その2駅の中間に、神明社《しんめいしゃ》（横浜市保土ヶ谷区神戸《ごうど》町）という古式ゆかしい神社があります。通勤の途中ということもあり、私は、週に一度は必ず朝の参拝をしていました。西田さんから、天と星、と聞いて、私には、その神社のことがすぐに思い浮かんだのです。【図3】
　神明社には、２００ｍほどまっすぐに伸びる参道があります。今回あらためてその参道を地図で確認すると、西北西から、その真反対である東南東、つまり冬至の日に太陽が昇る方角に伸びており、見事に夏至線に沿って設計されていることが確認できました。神明

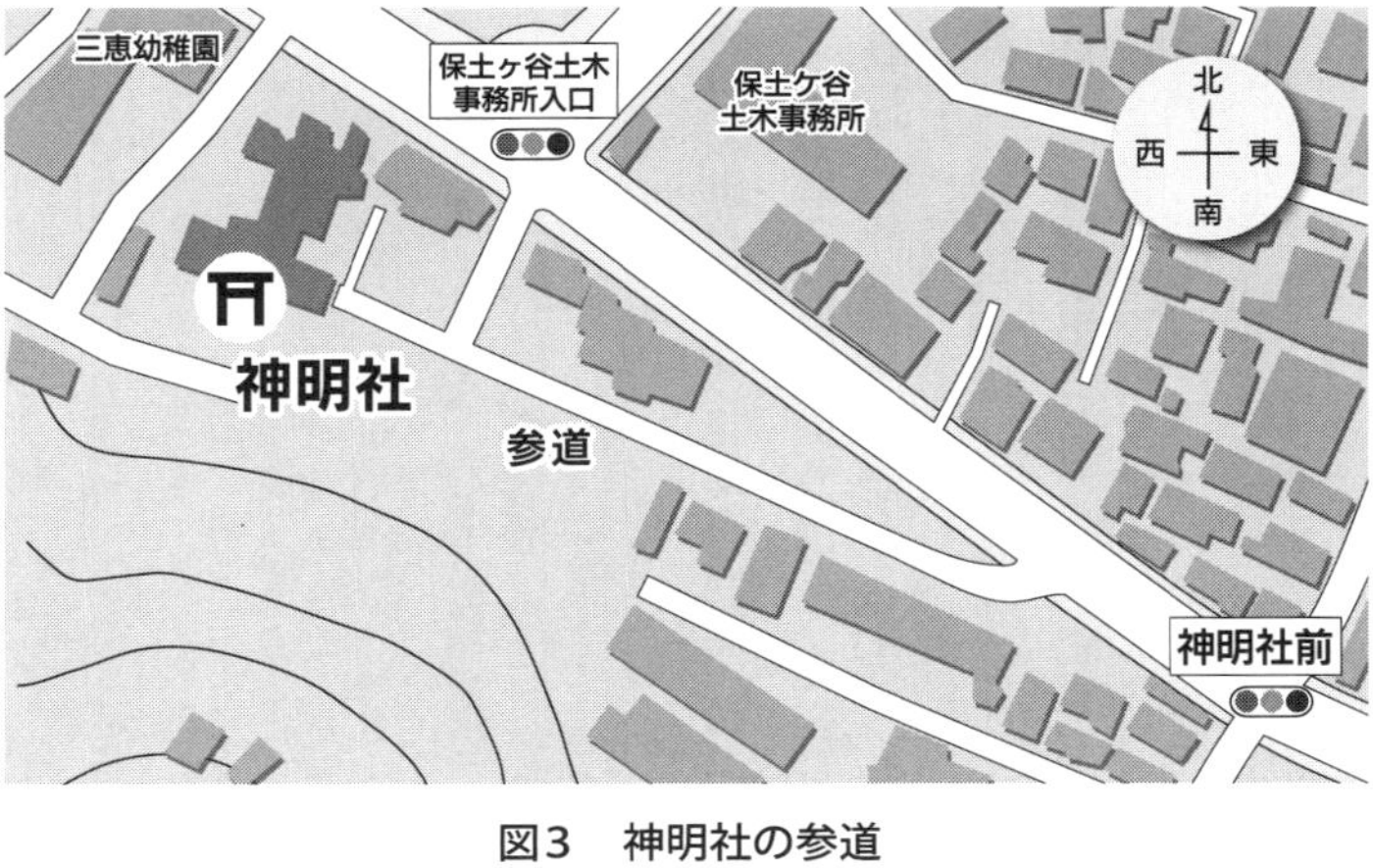

図3　神明社の参道

社は、今でこそ都会の片隅にひっそりと佇んでいますが、かつて飛鳥よりも古い時代に、三輪山を中心とした華やかな太陽ネットワークに繋がっていたのかもしれません。

その後、この太陽ネットワークは、飛鳥に芽吹いた聖方位ネットワークに主役の座を譲っていくことになります。法隆寺と飛鳥を結び、聖徳太子も通ったとされる太子道（筋違道《すじかいみち》、法隆寺街道）が、この聖方位に沿っていることは、先ほども述べたとおりです。聖方位文化の推進者となったのは、おそらくは、飛鳥の地の大王である蘇我氏、そして聖徳太子であったのでしょう。

時代は下り、8世紀に入ると、パルティアの地に勃興したカザール帝国の皇帝と貴族が、ユダヤ教に改宗するという出来事が起こります。このユダヤ教に改宗したカザール帝国支配層こそが、今日におけるユダヤの主流派たるアシュケナージ・ユダヤの起源です。彼らは、ダビデやソロモンの古代パレスチナの民とは関係なく、もともとこの地にいたスキタイ人です。そのため、アシュケナージには、彼らの自らの呼称アスカの音が入っていると考えられるのです。

世界各地を踏破し、経済人類学の立場から築き上げた栗本氏のこの理論は、説得力に富んでおり、大河を架け橋としたというシュメールと日本の繋がりも腑に落ちるように感じられます。

日本には、シュメールの他にも、明治以来、研究され続けてきた有名な民族論があります。日本人の先祖は、シルクロードを経て渡来した古代イスラエルの失われた十支族ではないか、とするいわゆる日本ユダヤ同祖論です。シュメールと日本がつながっているのであれば、ユダヤ人の開祖とされるアブラハムもシュメール人とされていますから、日本とユダヤも自ずと関わりを持ってくるということになります。近年は、この日ユ同祖論が、巷を賑わせるようになってきましたが、次章で詳しく取り上げてみたいと思います。

第五章

東洋と西洋の接点Ⅲ

——日本神話と古代イスラエル

古代イスラエルの習俗と神道

日ユ同祖論の歴史は古く、明治時代から、歴史民俗学者の佐伯好郎博士などにより唱えられ、研究が続けられてきました。これまで決して広く受けいれられることはなかったのですが、近年、日本人やユダヤ人の研究者による出版が相次ぎ、この説が次第に注目を浴びるようになってきました。

例えば、元駐日イスラエル大使エリヤフ・コーヘン氏や言語学者ヨセフ・アイデルバーグ氏など多くのユダヤ人研究家は、神道と古代イスラエルの祭祀形式が驚くほど似ていると指摘しており、古代イスラエルの支族が日本に渡来してきているのではないか、という仮説の根拠の一つとしています。日本人ユダヤ研究家の久保有政氏も、日本の神道は、神社の構造、きよさや穢《けが》れの観念、禊《みそ》ぎ、供え物、神官の服装、祭り、そのほか多くのものが、きわめて古代イスラエル宗教（古代ユダヤ教）に類似していると述べています。たとえば、神社の神官が着る白い装束は、古代イスラエル神殿において、ユダヤ教の祭司が着ていた服にそっくりです。そして、どちらにも水浴びして禊《みそぎ》をす

写真3　ヒラクティリーと
ショファール

るという風習があります。
また、役行者《えんのぎょうじゃ》が基礎を築いたとされる修験道も同様です。行者が額につける兜巾《ときん》と呼ばれる小さな頭巾は、ユダヤ人のヒラクティリーにそっくりです。行者が吹く法螺貝も、やはりユダヤ人が吹くショファールと呼ばれる角笛によく似ています。【写真3】（前ページ）
京都の夏を彩り、日本の伝統的な風物詩とされてきたはずの祇園祭の山鉾には、なぜか、ピラミッド、ラクダ、バグダッド宮殿など、シルクロードの風景を思わせるような絵が描かれています。さらには、この山鉾が市内を巡行する7月17日は、旧約聖書では、ノアの方舟がアララト山の山頂にたどり着いた日とされます。同じ日に行われる四国剣山の本宮祭のクライマックスでは、あたかも方舟を模したかのように、神輿が山頂にかつぎ上げられます。神輿自体、大きさや形などから、旧約聖

写真４　祇園祭山鉾巡行（2016 年 7 月 17 日）

書に描かれている「契約の聖櫃《せいひつ》（アーク、古代イスラエルの三種の神器を収めた箱）」とよく似ていることは多くの研究家が指摘しているところです。**【写真４】**

京都護王神社で見習い神官を務めたこともあるユダヤ人、ヨセフ・アイデルバーグ氏は、著書『日本書紀と日本語のユダヤ起源』のなかで、男神イザナギと、女神イザナミが結婚する際に言った「アナニヤシ」という言葉について、

「イザナギとイザナミの二神は、天の柱のまわりを回って『アナニヤシ』と言ったとき初めて、公式な形で夫婦となった。この『アナニヤシ』は、日本語としてはこれといった意味はない。しかしもしこれが、ヘブル・アラム語の『アナ・ニーサ』（Ana-nisa）が若干なまったものであるとすれば、『私は結婚する』の意味なのである。『アナニヤシ』という言葉は古事記に記されている」

と述べています。

イザナギとイザナミの結婚後、二神の国生みにより誕生した土地の名は「ヤマト」とされていますが、「ヤー・ウマト」は、ヘブル語で「ヤハウェ（旧約聖書における唯一神）の民」の意になると言います。また、「スメラミコト」は、「ショムロン・マークート」↓「サマリアの王（国）」、「ヤサカ」は、「ヤ・サカ」↓「神を見る」になるとアイデルバーグ氏は分析します。さらには、『日本書紀と日本語のユダヤ起源』の巻末には、日本語とヘブル（ヘブライ）語の類語５００語が一挙に掲載されており、ヘブライ文字とカタカナ／ひらがなの類似性も一覧表にされています。信じられないことですが、

ほとんど同じ文字と言ってもよいものもかなり見受けられ、この類似性を偶然で片づけることは到底できないように思えます。

このように、さまざまな比較研究が積み重ねられた結果、世界的に見ても、日本神道は、古代イスラエル宗教と著しい類似性を持っていることが判明してきました。古代イスラエル人が日本にもたらした原始キリスト教が、縄文時代からの自然崇拝と融合し、ときにヘブライ語を取り込みながら、日本神道の大元が出来上がったと考えることは、充分な根拠に基づいた仮説といってもよいでしょう。

また、ペトログラフ研究の進展により、シュメールと日本が、海を越えて交流していた可能性も指摘されています。イスラエルの祖神とされるアブラハム自身、古文書の記述からシュメール人と考えられているため、その昔、イスラエルと日本の間で交流があったと考えても、何ら不思議ではありません。今や日ユ同祖論の是非というレベルを越え、古代イスラエルの支族は、日本の古代史を語るうえで、見逃してはならない存在になっていると私は考えます。

シュメールやイスラエルだけではありません。聖方位を崇めるアスカ文明に由来するペルシャも含め、西域の広範な地域から日本へ民族が流入してきていた可能性もあります。古代の日本は、想像以上に国際色豊かな社会であったのかもしれません。

それでは、ここで、古代イスラエルの失われた十支族とは、いったいどのような民族なのか、簡単にその歴史を振り返ってみましょう。

紀元前１０８０年頃、預言者サムエルが、初代王にサウルを任じたことにより王政が始まったとされる古代イスラエル王国は、ダビデ、ソロモンと王位が継承されていきました。しかし、ソロモン王の死（ＢＣ９２８年）後、部族間の抗争が起こり、十支族からなる北イスラエル王国と二支族からなる南ユダ王国に分裂しました。その後、北イスラエル王国は、ＢＣ７２１年にアッシリア帝国に滅ぼされ、国の民たちはこの地から連れ去られ、以後行方がわからなくなったことから、「失われた古代イスラエルの十支族」と呼ばれることになりました。

南ユダ王国は、ＢＣ５８６年にバビロニアに滅ぼされ、この二支族は捕囚となりますが、ペルシャ帝国によりバビロニアが滅ぼされるとともに解放され、イスラエルへの帰還が許されます。一方、失われた十支族は、シルクロードを開拓しながら東方に向かい、中国までたどり着いたとされていますが、その後どうなったかは不明とされたままです。

しかし、もしも、失われた古代イスラエル十支族が、そのすべてではないにせよ、「海人族」として、もしくは「海人族」に伴って、相次いで中国から古代日本に渡来し、神道様式の確立に深く関わったと考えると、この失われた支族の歴史はつながってくることになります。

中国における古代イスラエル十支族

「海人族」と考えられる民として、さきほど、呉の海洋民族や、徐福の一団を挙げました。呉は、旧約聖書からの影響も窺われる数々の漢字を生み出した周が母体とされます。また、徐福に蓬莱の国へ行くことを命じた秦の始皇帝も西域との関わりが推測されています。つまり、呉人や、徐福の一団も、旧約聖書を基盤とする西域文化の影響を色濃く受けていた可能性があるのです。このような人々が、日本の神道を築いていったのであれば、日本と古代イスラエルの薄気味悪いほどの類似点も、すべて腑に落ちてくるように思えます。日本とイスラエルという遠く離れた2つの国の接点が、中国の歴史を、周や呉、秦まで遡ることにより、そこはかとなく浮かび上がってくるのです。

現代中国に、客家《はっか》と呼ばれる少数民族がいます。一部の客家人が住む独特の集合住宅である「土楼」は、福建省などでみられ、よくメディアでも取り上げられています。客家のルーツを探ると、周時代から春秋戦国時代の中原から中国東北部の王族の末裔であることが多いとされますが、教育の高さや商業の才能に富んでいることでも知られ、「中国のユダヤ」とも呼ばれています。周、ユダヤ、王族の末裔、などのキーワードを通じ、客家は、不思議なほど強靭な生命力を保ったあの周王朝やその末裔の呉人とイメージが重なってくるのです。

あくまでも推測に過ぎませんが、始皇帝の血統と、周王朝の起源が近隣であったのであれば、周の王家が、秦代になっても保護された理由が理解できるように思えてきます。その王族や臣僕の血統に、シュメールや古代イスラエルの失われた支族が入り込んでいた可能性も決して否定できないでしょう。

客家からは、国民党の孫文、共産党の鄧小平、シンガポールのリー・クァンユー、台湾の李登輝など、綺羅星のごとく大物政治家が輩出されています。李登輝総統が、親日家であることはつとに有名ですが、ひょっとしたら、古代イスラエルつながりのＤＮＡのなせる業なのかもしれません。

ヘブライ語で読み解く日本神話

古代ヘブライ語に通じたユダヤ人による研究により、最近では、言語面だけではなく、神話そのものにも、古代イスラエル文化との関係性を匂わせる記述のあることがわかってきました。

ラビ・マーヴィン・トケイヤー氏は、著書『日本・ユダヤ封印の古代史』において、失われた十支族のうち、かつて北イスラエル王国の王統を担ってきた「エフライム族」の系図と日本神話における神々の系図を比較し、両者が見事に一致していることを見出しています。

また、ヨセフ・アイデルバーグ氏は、著書『日本書紀と日本語のユダヤ起源』のなかで、仲哀天皇とサウル王、さらには崇神天皇とダビデ王、伊勢神宮とソロモン神殿の物語が酷似していること

を挙げ、

「両書（注：日本書紀と聖書）の中に互いに類似した物語が幾つも記されているのは、じつはそれらが同じ起源に発したものだからだと、理解することが可能である」

とまで述べています。アイデルバーグ氏は、さらに、神武天皇の正式名「カム・ヤマト・イハレ・ビコ・スメラ・ミコト」は、ヘブル（ヘブライ）語では、少しのなまりを考慮すれば、「カム・ヤマト・イヴリ・ベコ・シュメロン・マクト」と発音される、その意味は「サマリアの王、ヤハウェのヘブル民族の高尚な創設者」になる、といいます。

言うまでもなく、神話に登場する神々は、神道で祀られているため、神話と神道とは、不可分の関係にあります。その神道にイスラエルの風習と数多くの共通点が見られる以上、その流れが神話に波及するのは、ある意味当然といえるでしょう。

建築会社の代表取締役である赤塚高仁氏は、日本の宇宙開発の父と称されたペンシルロケットの生みの親、故糸川英夫博士と出会い、住まいのある三重県から毎月上京し、糸川博士主宰の『聖書に学ぶ勉強会』に出席するようになりました。

イスラエル建国の父、ベン・グリオン首相の「砂漠から天国を」の言葉に、持ち前の開拓者魂を強く刺激された糸川博士は、東京大学教授を退官後、「日本とイスラエルを結びつけることが世界を平和にする」と信じ、自費で日本とイスラエルの研究機関を結ぶ協会を立ち上げ、両国の間を頻繁に行き来しながら活動を展開していきました。

糸川博士を駆り立てる衝動の裏に何があったのかは知る術もありませんが、一連の活躍が評価され、糸川博士は、1985年に、同国政府より「ヤド・バシェム賞」(諸国民の中の正義の人賞)を受賞しています。ちなみに、この年、命のビザを発行し、数千人のユダヤ人をナチスの迫害から救った外交官、杉原千畝氏も同賞を受賞しています。

この糸川博士のもとで聖書を学んだ赤塚氏は、繰り返しイスラエルの地を訪れるようになり、ついには、たくさんの人を彼の地へ導くようになりました。

赤塚氏は、著書『聖なる約束』の中で、イスラエルで伝えたいテーマを次のように語っています。

「旧約聖書、創世記に書かれている神話を現地で感じ、神話が事実である必要はなく、祖先から私たちに届けられた真実であることを知ります。

始まりなき始まりから、終わりなき終わりへと続く魂の旅を生かされる私たちにとって、神話とはまさに神の歴史であり、民族のアイデンティティそのものと言えましょう。その神話を共有する仲間のことを『民族』と呼ぶのだということを知ります。

歴史を失った民が、必ず滅びるということは歴史が証明するところです。人間とは歴史の生き物であり、人間から歴史を取れば動物以下になるのですから」

前章でもご紹介しましたが、栗本慎一郎氏は、領土の概念が希薄な遊牧騎馬民族は、国家を領域として捉えるのではなく、「人」の集合として考える、と指摘しています。ユダヤ人たちは、昔も今も、子供達が3、4歳になったときから、1200ページもある「トーラ（聖書）」を全て暗記させ、何度も繰り返し唱えさせて、耳と口を使った反復学習を行います。

つまり、栗本氏の説に従えば、放浪生活を余儀なくされた古代のユダヤ人にとっては、国の基本的な構成要件である「人」「民族」の条件は、神話を共有することであったのです。異邦人の混入は、放浪民族にとって死活問題ですから、「人」の選別は、厳格に行われたことでしょう。彼らにとっては、神話を暗誦することは、自らのアイデンティティを確立することはもちろん、生きることそのものであったのです。

果たして、私たち日本人は、同じ国土に暮らしてはいますが、ユダヤ人のように、共有できる歴史を持っているのでしょうか。この問いに自信をもって頷ける人は決して多くはないでしょう。しかし、自らの国の歴史と真摯に向き合い、決して過信になることのない真っ当な誇りを抱き、自信をもって行動することが、今の日本人に求められているのではないでしょうか。正当な愛国心こそは、日本人を勇気づけ、まとめ上げるはずです。今の日本社会の落ち着きのなさ、日本人の自信のなさの一つの遠因はこんなところにもあるのではないか、私にはそのように感じられてならないのです。

ドイツに留学していた頃の話ですが、研究室の友人のホームパーティに招かれたことがありました。東洋からの珍しい来客に会いに、彼の友人たちも集まってくれました。ちょうど、皇太子殿下のご成婚の時期に重なり、現地のテレビでも連日のように、この話題についての特集を組んでいたため、ことさら日本人に興味があったのかもしれません。

ドイツは、クラシック音楽の本場であり、皆の話題は、皇太子ご成婚からドイツ音楽へと移り、さらには、日本人が国際的なクラシックコンクールで優秀な成績を修めていることが話題に上りました。

その活躍ぶりを少々誇らしく思う私に対し、突然、一人のドイツ人が、〝日本人の民族音楽はどんなものなのか、どんなところで演奏されるのか〟と聞いてきました。日本人の民族音楽、と言われても、雅楽しか私には思い浮かびませんでした。私のみならず、おそらく多くの日本人にとっても日本の伝統音楽は身近なものではないはずです。

私が、自信なさそうに〝日本の伝統的な音楽は、皇室の公式行事や神社、歌舞伎などの伝統芸能など限られた場所で演奏されることが多く、一般的にはあまり演奏されていない。ヨーロッパの伝統的な音楽のほうが人気がある。私の子供たちやその友達も、ピアノやバイオリンを習っている。雅楽を習っている子どもは私の周りにはいない〟と答えると、彼は心底がっかりしたように、〝なぜ自分たちの伝統に興味を持たないのか、それほど君の国の文化はつまらないものなのか〟というや、そのあとは、会話にすらあまり加わらなくなってしまいました。

欧州人が愛してやまない西洋音楽の分野で、日本人が華々しい結果を残していることを、私は誇らしく思っていました。しかし、音楽の本場で、その活躍ぶりを称賛してもらえなかったことは、私にとっては少なからずショックでした。彼らは、国際交流の場では、自らの音楽よりも私たち日本人が親しんでいるはずの伝統音楽にこそ興味があったのです。

教育現場やメディアにより、繰り返し自虐史観を刷り込まれる日本人は、とかく自国について卑下して考えがちです。しかし、自分の国の歴史や伝統文化に誇りを持てなければ、ほかの国を尊敬することなどできません。そして、そのような国は、ほかの国からも決して尊敬を集めることなどできないのです。自分を卑下することは決して美徳などではありません。

私はこの苦い体験から、まず自分の国の歴史や伝統を語れなければ、外国ではまったく話にならないということを身をもって学びました。日本人にとっては由々しき問題です。民族のアイデンティティである神の歴史、神話は、民族に大きな力をもたらす源泉であるといえるのです。

この意味からは、赤塚氏が指摘するように、歴史を失った民族は滅びていくと言えるのかもしれません。残念ながら、戦後の日本は、民族としての活力の源泉、いわば魂を奪われてしまったのです。しかし、もしそうであるなら、逆に、失った神話や歴史を取り戻すことができたとき、日本は、復活への道を歩み始めるともいえるのではないでしょうか。本当に大切なものは、失った時にはじめてその価値がわかるものです。伝統的な美徳が、急速に崩壊しつつあるこの日本では、皆が失われた歴史を再び追い求め、自国の成り立ちや大切に培ってきた文化に誇りを取り戻すことが喫緊の課題であるように思います。

東の日出る国へ

「契約の聖櫃」を探すことはもちろん、失われたイスラエル十支族を発見することは、世界中のユダヤ人の大きな関心事であり、その行方を見出すためにアミシャブという機関があり、離散した十支族を帰還させるために世界各地で調査を続けています。ユダヤ比較文化研究家の坂東誠氏によれば、アミシャブは、「わが民は帰ってくる」という意味で、代表者であるラビ・アビハイル氏は、日本でも調査を行い、滞在中に三笠宮殿下とも会談しています。アビハイル氏による調査の結論は、〝これらの証拠は十分に根拠のあるものであり、日本人と失われた十部族の間に何らかのつながりがあることは否定できないであろう〟であったそうです。つまりユダヤ人の専門家が見ても、日本に古代イスラエルの民が渡来している可能性は十分にあるのです。

エリヤフ・コーヘン氏は、〝ユダヤ人は、自分たちには神のメッセージを世界に届ける使命があると考えている〟と述べています。しかし、それは、決して、世界の人をユダヤ教に改宗させようとか、ユダヤ人にしようという傲慢な考えではありません。それぞれの民族がそのあるべき姿でいられるように、そして人間としての正しく道徳的な、また信仰的な生き方ができるように神の言葉を伝えようとしていると言うのです。

無宗教と言われつつも、先祖を敬い、自然のすべての造形物に魂、神を感じ、敬い感謝を捧げる精神が染み込んだ日本人にも、ユダヤ人と相通じる心構えがあるように感じます。さらに、ユダヤ人は、失われた十支族がイスラエルに帰還し、イスラエルの民が一つになるとき、世界に真の平和が訪れると信じているそうです。その十支族は、「旧約聖書」には、東の日出づる国よりやってくると書かれていると言います。イスラエル国家に「東に向かいぬ」と謳われる東方を、コーヘン氏は、日本のことと考えています。私たち日本人は、コーヘン氏のこの熱い思いに真摯に向き合う必要があるのではないでしょうか。

縄文文明の終焉《えん》

「記紀」神話の主役の神武天皇は、十支族のうち、かつて北イスラエル王国の王統を担ってきた「エフライム族」の王子で、その名は、ヘブル語で「サマリアの王」の意味を持つとも言われます。神話によれば、古代の日本に降臨した神武は、まず九州に入ったのちに東進し、今の奈良周辺で勢力を伸ばして、大和王朝体制を作り上げていきました。

弥生人と弥生文化は、それ以前の縄文人が築いた文化とはあまりにもかけ離れていることから、民族が入れ替わったのではないかとの推測もあります。年代から考えれば、この神武の一団も弥生の渡来人ということになるのでしょう。そして、周、呉、「海人族」、徐福など、本書で紹介してきたような民が、大陸から五月雨《さみだれ》式に渡来してきた時代が、この激変期に当るのかもしれません。その中には、「先代旧事本紀」に降臨伝説が伝えられるニギハヤヒの子孫とされる物部氏や、ペルシャの都「飛鳥」の主となった蘇我氏もいたことでしょう。アルサケス朝ペルシャでは、ゾロアスター教、ミトラ教が信仰されていたとされますが、この当時の日本には、原始キリスト教を持ち込んだ一派もいたと考えられます。つまり、神道だけではなく、さまざまな宗教が混在していた上に、多種多様な民族も入り乱れていたのではないでしょうか。仏教が伝来したのも、まさにこの頃だったのです。この想像以上に国際的な社会をまとめ上げるには、聖徳太子（厩戸皇子）が残した「和を以て貴しとなす」は、必要不可欠なスローガンであったことでしょう。蘇我氏や聖徳太子主導による融和政策のもと、この当時はまだ、縄文以来の太陽ネットワークも共存できていたのではないかと私は考えています。

『日本の始まりはシュメール』を著した坂井洋一氏は、日本語の語彙や漢字の読みが多様であるのは、様々な民族の言語が日本語に取り込まれ、世界遺産のようにいまだに息づいているから、と述べています。坂井氏は、いくつかの例証を挙げ、古代日本の想像を超えた国際性を立証していきます。驚くほかありませんが、今後、各国の古代語の研究が進み、連携が図られていけば、かつて世界はひとつに繋がっていたことが証明されていくことになるかもしれません。

しかしながら、このような多民族の調和をモットーとした古代社会は次第に変貌を遂げていきます。

奈良に移動してきたばかりの大和王朝は、物部氏、蘇我氏などの有力な豪族に囲まれ、その協力なくしては、政権の維持は難しい状況でした。しかし、時が経ち、物部氏、蘇我氏などの有力氏族が滅びゆく一方、藤原氏が興隆しはじめ、朝廷における力が増していきます。それとともに、朝廷の態度も変容し、他の豪族たちに国ゆずりを強要するようになっていきました。そして、藤原氏は、朝廷において独り勝ちの状態になり、その勢力をさらに伸ばしていったのです。

先ほどもご紹介したとおり、黒澤明監督の「夢」の最終章が撮影されたのは、安曇野にある「大王わさび農場」でした。「安曇氏」に由来するとされる安曇野は、山紫水明の地として有名であり、なかでも、美しい水を満々とたたえた川が流れ、広大なわさび田を有するこの農場は、近隣住民の憩いの場所となっています。

「大王わさび農場」の名称となっている大王の由来について、この農場の「大王窟」案内板には、以下のような説明が掲載されています。

「その昔、桓武天皇（西暦七八五〜八〇五）の頃 魏石鬼《ぎしき》八面大王という世にもすぐれた怪力無双の首領が、この地『安曇野』を治めていました。

全国統一をめざす中央政権は、東北に侵略をすすめるにあたって、信濃の国を足がかりとし、沢山の貢物や無理難題を押しつけ住民を苦しめました。大王は坂上田村麻呂の率いる優れた武器を持つ軍勢に刃向かうつもりはなかったものの、戦いは大刃や矢を持つ男ばかりか、女、子供まで巻き込み次々と村々は焼き払われていきます。

追い詰められた大王は、わずかばかりの部下をともない有明山のふもとの岩屋にこもって力の限り戦いましたが、ついに山鳥の三十三斑の尾羽で作った矢にあたり倒れてしまいました。

八面大王は余りにも強かったため再び生きかえらぬようにと遺体はバラバラにされ埋められました。当農場の一角には胴体が埋められたと言われており、現在は大王神社として祀られています」

闘いと関係のない弱い者たちが巻き込まれ、八面大王はどんなに無念であったことでしょう。胸が詰まるような思いがしてきます。

松本藩により18世紀の享保年間に編纂された地誌、「信府統記」では、八面大王は、村人に対し乱暴狼藉を繰り返していた鬼族であったと伝えられています。しかし、安曇野の地に立ち、近隣の住民で賑わう「大王わさび農場」の美しい田園風景を眺めれば、八面大王が、この地の人々に、いにしえから愛され慕われ続け、その人柄を、人々が口伝で伝えてきたであろうことが肌で感じられるのです。人徳のある長によって治められていた純朴な、おそらくは縄文以来の文化を残していたであろう調和社会が、手段を選ばない強力な勢力によって蹂躙されていく、その光景の一つがここに記されています。

時代は遡りますが、武力による地方侵攻の手始めは、おそらくは、荒神谷遺跡が示すように、古代最大の勢力を誇った出雲であったのでしょう。

出雲の勢力範囲を考える上では、近年考古学的には、荒神谷遺跡の銅器群に加え、「四隅突出型方墳」が注目されています。方形の墳丘の四隅に祭壇のような場を有するこの独特な墳墓は、中国山地近辺を含む出雲を中心に、現在の岡山から能登半島にまで幅広く分布しています。この広大な地域が、神話が語る「出雲一大王国」の勢力範囲であり、出雲の王オオクニヌシが、土地の豪族との和合により広げていったとされる場所なのではないでしょうか。そのオオクニヌシの姿は、私には、大陸から出雲に渡ってきた「海人族」と重なって見えてきます。

「日本書紀」では、オオクニヌシは、天孫族が遣わした武甕槌神《たけみかつちのかみ》に、稲佐の浜に剣を突き立てられて「国譲り」を迫られますが、息子の健御名方神《たけみなかたのかみ》が、「国譲り」に反対しました。そのため、健御名方神は、武甕槌神と力競べをすることになるのですが、あっけなく敗れ去り、諏訪まで逃げて諏訪神社の祭神になったと伝えられます。「国譲り」神話とは、おそらくは武力で国を奪われた物語であったことが、この説話にそれとなく仄めかされているようです。

「記紀」神話で悪役にされた蘇我氏が、この出雲族に繋がる一族との説もあり、たいへんに興味を惹かれるところです。

「海人族」の拓いた地である安曇野の主、八面大王の悲劇も、出雲のこの「国譲り」の延長線上に起こったことなのかもしれません。

安曇野を制した朝廷軍は、勢いを増し、東北においても、蝦夷《えみし》の族長・阿弖流為《あてるい》と熾烈な戦いを繰り広げていきます。蘇我蝦夷の名が示す通り、蘇我氏全盛時代は、各地方の豪族とは良好な関係を築いていたとの推測もありますが、藤原氏が独走する時代を迎えてからは、地方豪族たちは次第に追い詰められていきました。

「続日本紀」には、延暦8年（789年）、巣伏村《すぶせ》での戦いで、朝廷軍に阿弖流為《あてるい》軍が勝利したことが記載されています。しかし、延暦21年（802年）、征夷大将軍・坂上田村麻呂についに降伏、都へ上り、処刑されました。朝廷が坂上田村麻呂に与えたこの「大将軍」という称号こそが、いかに阿弖流為が強敵であったかを物語っているかのようです。

朝廷は、このように縄文時代から弥生時代、飛鳥、平安を通じ、営々と文化を紡いできた部族をつぎつぎと征服していきました。近年になってやっと縄文の文化にスポットライトがあてられるようになってきたものの、八面大王の安曇氏、阿弖流為の蝦夷は、九州の熊襲、隼人などとともに未開民族扱いをされ、豊かな文化を誇った「出雲王国」、「九州王国」、「阿波王国」、「安曇王国」、「蝦夷国」などは歴史の表舞台から消されることになったのです。日本最大の円墳である丸墓山古墳や、稲荷山古墳を埼玉県に残す関東の王国も、同じような運命を辿っていったのでしょう。

弥生時代以降、渡来人と馴染むことができずに中央から追いやられた縄文人は、ここに止めを刺され、北海道、沖縄に痕跡を残すのみとなってしまいました。しかし、その反面、渡来人と融和混血し、その遺伝子を残す道を選んだものも少なくありませんでした。負けてしまったようにみえる縄文人ですが、どっこい逞しい生命力を有していたのです。実際に、最新の遺伝子学的研究により、本州を中心に弥生人と縄文人との間で混血が進んだことや、北や南に追い立てられた縄文人に古代の遺伝子が残されていることが確認されています。

ドイツ人医師のベルツ博士は１９１１年（明治44年）、身体的特徴の共通性からアイヌと琉球は同系統であり、南方系の縄文人の特徴を有しているとの説を発表しました。その後、長らくこの説は注目されてきませんでしたが、１９９１年（平成３年）になって、人類学者の埴原《はにはら》和郎《かずろう》博士が、ベルツ説を彷彿とさせる「二重構造説」を提唱しました。埴原博士は、ベルツ博士と同様に、本州などでは、弥生時代以降、中国や朝鮮半島からの渡来人と先住民の縄文人の間で混血が進んだものの、アイヌや琉球は遠いため混血が少なく、縄文型の系統が残ったと指摘しています。

さらに２０１２年（平成24年）には、東京大学大学院・斎藤成也教授が、日本列島人（アイヌ人、琉球人、本土人）の遺伝子解析により、現代日本列島人は、縄文人の系統と、弥生系渡来人の系統の混血であることを支持する結果が得られたことを、プレスリリースとして発表しています。

これらの結果から、現代日本列島には、旧石器時代から日本列島に住む縄文人の系統と弥生系渡来人の系統が共存するという、埴原博士の「二重構造説」が強く支持されることになりました。そして、アイヌ人と琉球人が、遺伝子学的にもっとも近縁であることも判明し、ベルツ博士の仮説も科学的に補強されました。つまりは、弥生人に征服淘汰されたのであれば消え去ってしまうはずの縄文人の遺伝子が、しっかりと現代の日本人に息づいていることが科学的に証明されたのです。多くの縄文人が、自らの生き方に固執せず、柔軟に新しい文化を受け入れ融和し、混血して暮らす道を選んだことにより、結果的に、縄文のＤＮＡは、消え去ることなく確実に保存されたのです。

さらには、アイヌ人は、オホーツク沿岸居住民など別の第三の系統との遺伝子交流もあり、日本人は、個体間の多様性がきわめて大きいこともわかりました。単一民族と考えられてきた日本人は、遺伝子的には世界に類のないほど多様性に富んでいることが判明しました。大陸、そして南方からの民族の流入もあったであろうこの日本列島の歴史を考えれば、深く納得できる話ではあります。

元をただせば、八面大王も阿弖流為も外からやってきた渡来人が部族長になったのかもしれません。彼らは、おそらく縄文人とうまく折り合って共同体をつくっていたのでしょう。多くの血を流すことになった朝廷の侵攻でさえも受け入れ、共生の道を選んだ縄文人にとっては、その昔、協調性ある渡来人と新しい社会を築くことは、決して難しいことではなかったはずです。

一見従順で強く自己主張することはないものの、しだれ柳のように、強い風に吹かれても、激しい雨に打たれても、しなやかにかわす粘り強さを秘めているのが縄文人であり、その性向は、そのまま現代の日本人に受け継がれていると私は考えます。

日本人は、結婚式は神前や教会で挙げても、葬式はお寺で行い、キリスト教徒でもないのにイースター祭やクリスマスを楽しむなど、節操がないと批判されることもありました。しかし、この何でも受け入れるというこの日本人の性向は、長い歴史において、避けることのできない民族粛清の危機から逃れるためには、不可欠な生きる智慧であったのかもしれません。

また、この節操のなさは、どんな理不尽な出来事に対しても「仕方ない」と受容できる日本人のしぶとさにもつながります。冒頭でも述べましたように、その根源にあるのは、自らを生かす「大いなる存在」に対する絶対の信頼を表す「おかげさま」の精神です。

日本人の生き方を支えてきたこの「おかげさま」「仕方ない」の精神は、気が遠くなるような、はるか昔の縄文時代から脈々と日本人のなかに受け継がれてきているのです。そして、誰に支配されようと、何が起ころうともすべて受け入れる、究極の受容の精神が生み出されてきたのです。私たち日本人も、日本の歴史も決して捨てたものではありません。今、私は、この国に生まれた幸せをしみじみと噛みしめています。

第六章

古代日本に思いを馳せる旅

――中央構造線と千ヶ峰トライアングル

中央構造線

さて、これまで、この国の歴史を追いかけてきましたが、ここからは、私たちを育んでくれているこの日本列島について考えてみましょう。

まず四国、中国地方を中心とした西日本の地図を眺めてみましょう。**【写真5】**

じっと目を凝らすと、紀伊半島中央から、四国のど真ん中を貫く一本の稜線が確認できるはずです。これは、中央構造線と呼ばれる日本最大級の大断層の一部です。**【図4】**（次ページ）

この断層は、鹿児島から、大分、四国、紀伊半島を抜け、諏訪地方にいたり、フォッサマグナと交差し、さらに関東地方の鹿島まで続くとされています。太古の昔、地球のプレート移動によって生じたとされ、宇宙からもくっきりと

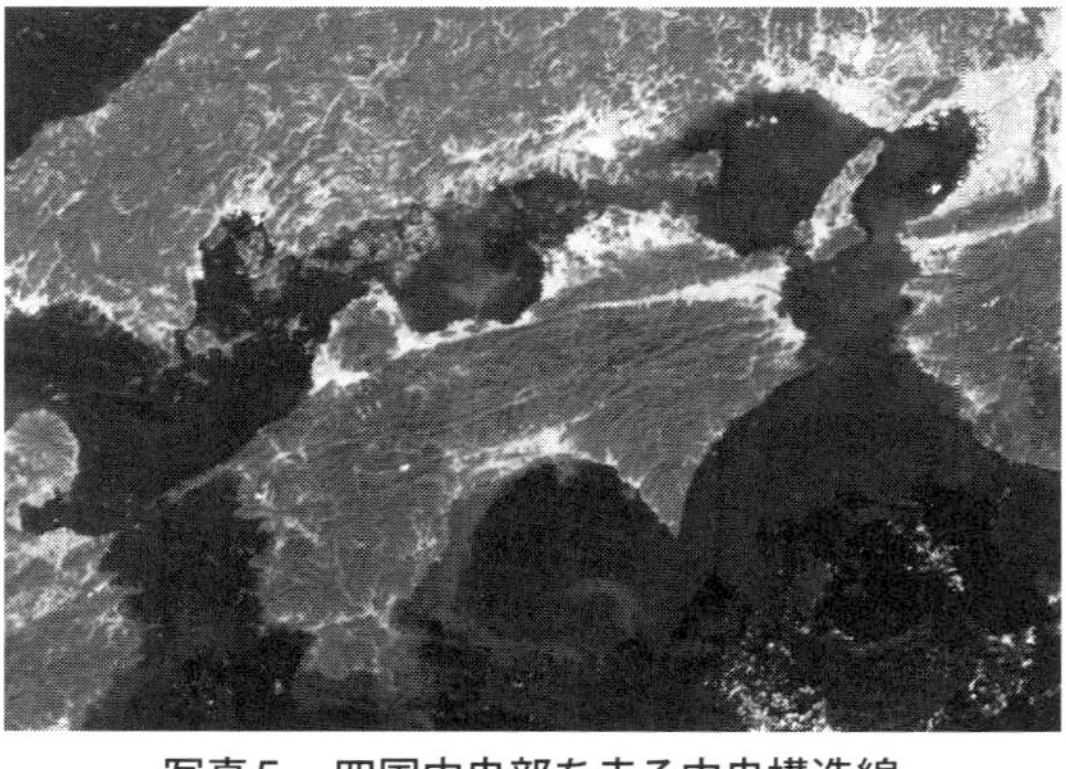

写真5　四国中央部を走る中央構造線

〈出典　国土地理院ウェブサイトより。Images on 世界衛星モザイク画像 obtained from site https://lpdaac.usgs.gov/data_access maintained by the NASA Land Processes Distributed Active Archive Center (LP DAAC), USGS/Earth Resources Observation and Science (EROS) Center, Sioux Falls, South Dakota, (Year). Source of image data product.〉

わかるほどの深い谷を刻んでいます。

　東日本大震災の衝撃を呼び覚ますかのように、２０１６年4月14日から一連の熊本地震が発生しました。お亡くなりになられた方々に謹んでお悔やみ申し上げますとともに、被災された皆様に心からお見舞い申し上げます。熊本の象徴ともいえる熊本城の石垣が崩れ落ちる様子に、私自身、激しいショックを受けました。しかし、それと同時に、石垣が崩れてもなお残る櫓《やぐら》に、驚嘆しました。当時の高い技術力に驚いたことはもちろんですが、ぎりぎりで踏みとどまる櫓の姿に、熊本の底力と逞しい生命力が感じられ、かえってこちらの方が勇気づけられる思いがしました。

　この地震の直後、震源が中央構造線上で

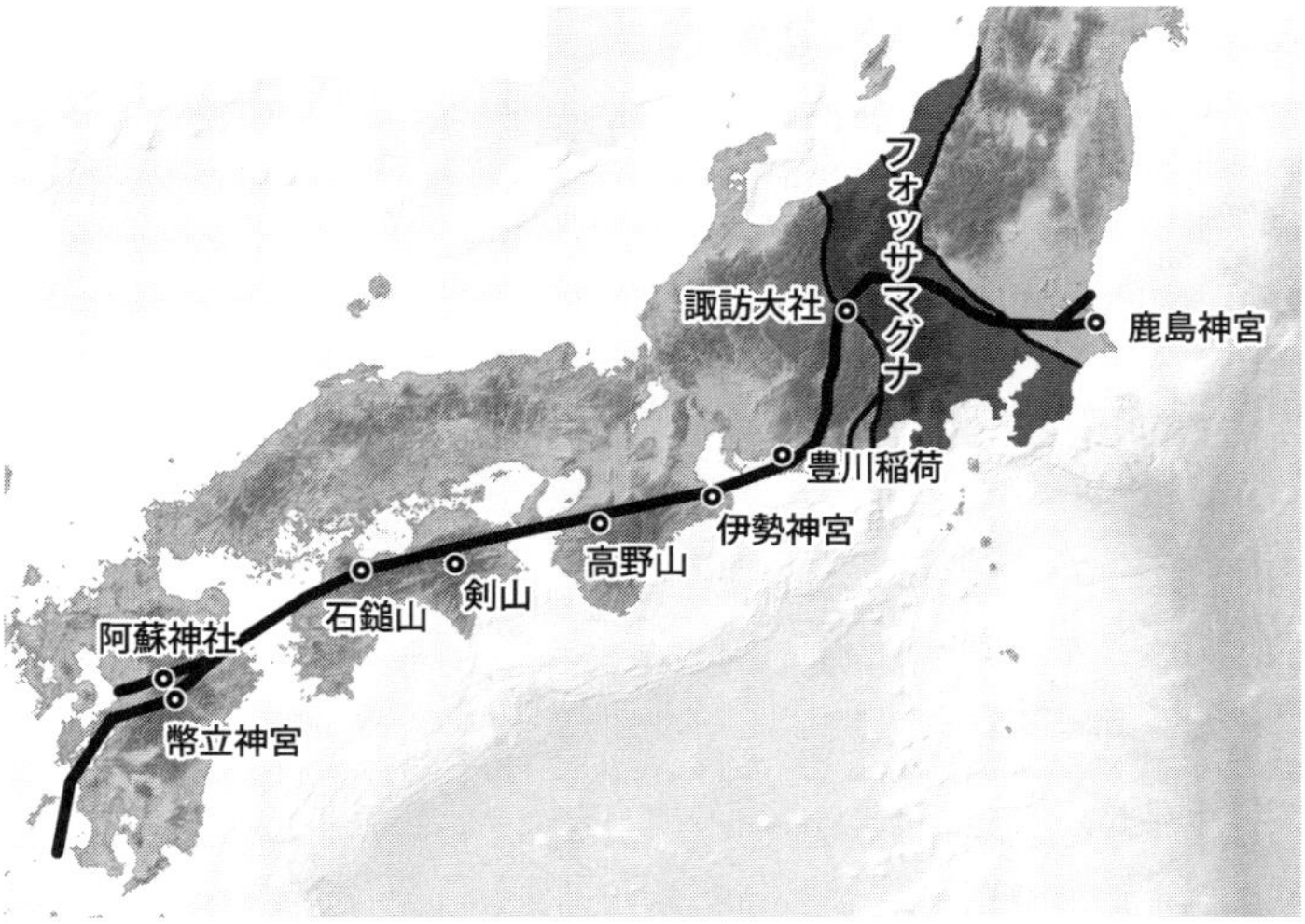

図4　中央構造線
〈出典　国土地理院ウェブサイトより。地理院タイル（色別標高図）を加工して作成。海域部は海上保安庁海洋情報部の資料を使用して作成〉

あったことから、この大断層が動いたのではないかと物議を醸しました。実際に、この地震に連動するかのように、5月16日には、中央構造線上、熊本の真反対に位置する茨城県南部でも震度5弱の地震が起こっています。地震活動期に入ったといわれる今、もはや、この列島に住む以上、どこにいても常に大きな天災と隣り合わせということがいえるのかもしれません。

中央構造線だけではありません。日本列島は、北米プレート、ユーラシアプレート、太平洋プレート、フィリピン海プレートという巨大な四枚の大陸プレートの上に乗っかっています。しかも、房総半島沖で、太平洋プレート、フィリピン海プレートが沈み込むため、プレート同士に強い圧力がかかっています。つまり、日本列島周辺の地殻は、常に緊張状態にあり、世界のどこにも類をみないほど複雑な構造を呈しています。地球という生命体のヘソともいうべき重要な場所ともいえるでしょう。しかし、この大陸プレートや中央構造線の圧力は、災害をもたらすだけではなく、日本に活力を与えていることも確かです。不思議なことに、この中央構造線に沿って、阿蘇、剣山、高野山、天河、玉置山、伊勢、豊川、分杭峠、鹿島と日本の名だたるパワースポットが、綺羅星のごとく並んでいます。日本列島に地震を引き起こしてきたダイナミックな大陸プレートのエネルギーを、パワースポットのご神体である山や木、磐座などを通じ、私たちに伝え、慈しみ育んでくれたのです。

この中央構造線と、日本を横断するフォッサマグナ西端の糸魚川――静岡構造線は、諏訪湖近辺で交わっています。オオクニヌシの息子の健御名方神《たけみなかたのかみ》が、天孫族が遣わした武甕槌神《たけみかつちのかみ》との力競べに敗れ、逃げてきたのがこのあたりになります。すぐそばには、ゼロ磁場で有名な分杭峠があります。

中国の気功師・張志祥氏が来日した際、分杭峠に「気場」を発見したことをきっかけに、佐々木茂美元東京電機大学教授が、この地で測定をおこなっています。佐々木氏は、著書『「見えないもの」を科学する』のなかで、この分杭峠に「ゼロ場（相殺磁場、ゼロ磁場）」が確かに存在していることを報告しています。

地質の全く異なる地層がぶつかり合うこの地域では、さまざまな地球のエネルギーが凝縮し、拮抗相殺しあい、気場を形成しています。相撲に例えれば、がっぷり四つ、お互いの力士が胸と胸を合わせ、上手と下手を取り合い全く動かない状態ともいえるでしょう。このような取り組みを見ていると、力士の身体から溢れ出るようなエネルギーがこちらにも伝わり、思わず手に汗を握りますが、まさにこの状態がゼロ磁場なのです。

思い起こせば、私は、２００９年以降、この中央構造線に沿って動かされてきたかのように旅を続けてきました。

２００９年8月16日朝、私は、京都の友人を訪ねるため、横浜を出発することになっていました。その予定を知った関西在住の友人K医師から、〝京都に行くなら、ぜひ伊勢に寄りませんか〟とのお誘いを受けたのです。K医師は、ちょうど伊勢参りに行く予定だったということでした。もちろん私には願ってもないことでした。そして、彼の案内で、猿田彦神社から、外宮、内宮を参拝することができたのです。暑い時期ではありましたが、K医師から言われた通り、背広を着用し、御垣内《みかきうち》参拝の手続きをし、外宮、内宮ともに、玉砂利の中へと入ってお祈りをしてきました。

伊勢もまさにこの中央構造線の直上です。その後、私はたくさんの貴重なご縁とつながっていくことになるのですが、もっとも驚いたのは、長女が、伊勢出身のお相手と結婚することになったことでした。ありがたいことに、お相手の父上、田辺紀彦さんとは、いまや娘夫妻抜きで一緒にパワースポット巡りをする仲です。２０１３年に執り行われた伊勢神宮の式年遷宮祭では、新正殿に敷き詰める白石を奉献する「お白石持行事」に妻共々参加させてもらうこともできました。

伊勢とのご縁も、中央構造線との関わり合いも、すべてはK医師に案内されたお伊勢参りから始まったのかもしれません。

さて、初めての伊勢参りから2年後となる２０１１年7月17日、今度は、クリスタルボウル奏者の野村節子さん主催によるワークショップに呼ばれ、分杭峠にあるホテルで講演することになりました。7月17日と言えば、前章でご紹介した剣山本宮祭り、そして祇園祭における山鉾巡行の日と奇しくもまったく同じです。古代イスラエルの聖なる日に分杭峠に呼ばれたことも、私には嬉しい偶然でした。

この日の早朝、野村節子さんの友人である私の姉夫婦、甥とともに東京を出発しました。分杭峠駐車場から坂を下りたところにある木場を越え、山道を奥にさらに進むと、その年の初めに起こったという小さながけ崩れの跡がありました。道を塞ぐように積もる土砂の小山を乗り越えていくと、最も気が高いと言われる水場があります。驚いたことに、この周囲では、方位磁石はくるくるとまわってしまい、まったく用をなさなくなってしまいます。まるで見えないエネルギーが渦巻いているかのようであり、日本有数のパワースポットならではともいえる光景でした。**【写真6】**

このあと、私は、翌8月に高野山・熊野・玉置山を、そして1年後の2012年8月には剣山を旅することになります。剣山の旅から帰った直後に、私は、中央構造線についての情報を得ることになるのですが、そのときに、伊勢、分杭峠、高野山、剣山と続いた一連の旅が、中央構造線に沿っていることにも気が付きました。それだけではありません。さらに私は、剣山にまつわる神秘的な三角形、「千ヶ峰トライアングル」についても知ることになったのです。

写真6　分杭峠（2011年7月17日）

千ヶ峰トライアングル

日本の子午線、東経１３５度線のほぼ真上にある千ヶ峰（兵庫県多可町）を頂点として、剣山（徳島県美馬市）、玉置山（奈良県十津川村）を結ぶと一辺が約１６０kmの正三角形を形成します。**【図5】**

千ヶ峰トライアングルと呼ばれるこの三角形の中央は、東経１３５度線上に位置する淡路島の洲本となり、千ヶ峰、洲本を通るライン１３５度線と、周囲に形成される千ヶ峰トライアングルに囲まれる地域が、世界文明の扉を開く鍵となると言われています（千賀一生著『ガイアの法則』より）。

２０１２年8月、京都在住の友人 芳井秀明さん・企保美さんご夫妻に連れられ、トライ

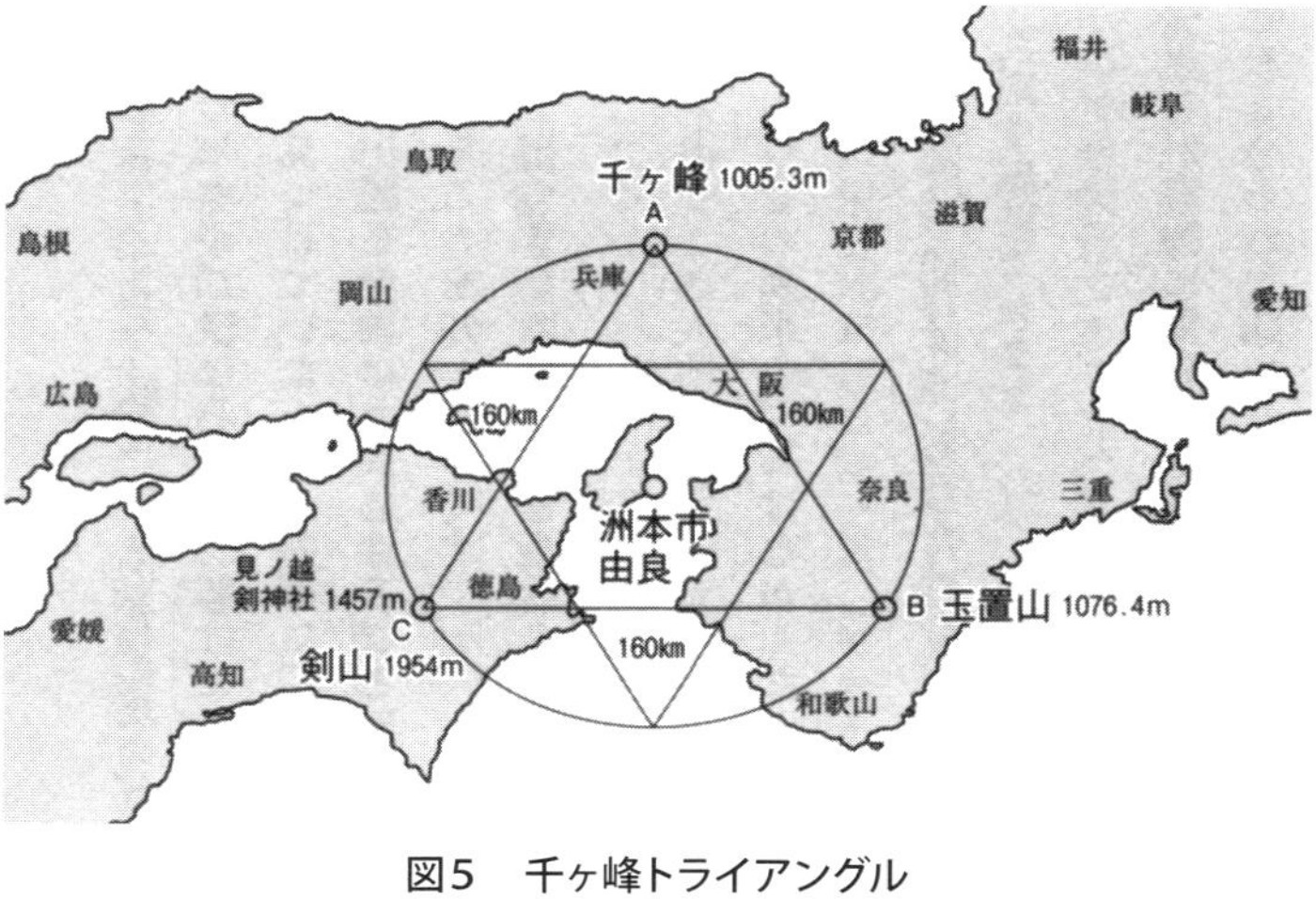

図5　千ヶ峰トライアングル

〈出典　魚谷佳代 著『淡路ユダヤの「シオンの山」が七度目《地球大立て替え》のメイン舞台になる！』（ヒカルランド刊）より〉

アングルの頂点のひとつである剣山を訪れました。旅から帰宅して間もなく、私は千ヶ峰トライアングルについての情報を耳にしました。その前年に、やはり芳井さんの案内で、トライアングルのもう一つの頂点である玉置山を参拝していたので、この話を聞いて、私はなにか偶然とは思えない流れを感じたのです。

千ヶ峰トライアングルを知ってからすぐ後のこと、私は、木村悠方子《まさこ》さんという女性にお会いすることになりました。木村さんは、かつてイタリアンレストランを経営していた経験から、食についての問題意識に目覚め、全国で講演活動をされるとともに、日本語の美しさについても啓蒙を続けています。

私は、木村さんに剣山の不思議な旅について語るとともに、千ヶ峰トライアングルについても紹介したのですが、千ヶ峰と聞いた途端、木村さんの顔がぱっと輝きました。なんと、木村さんは、この直前、千ヶ峰の周辺をくまなく巡ってきたばかりだったのだそうです。あまりの偶然に驚くとともに、トライアングルが見事な形でつながったことに感激しました。

玉置山・高野山・熊野の旅

ではここで、私が古代史に惹かれるきっかけとなった玉置山・高野山・熊野の旅と、翌年の剣山の旅について詳しくご紹介しましょう。

この2つの旅をガイドしてくれた京都の芳井さんご夫妻は、空海が開いた四国八十八か所を19回周った筋金入りのお遍路さんでもあります。

この旅には、さらに二人のメンバーが加わっていました。お一人は、かつて国家公務員として国家の危機管理に携わり大学教授まで務められた後、現在は古神道研究家として活躍され数々の著作も出版されている宮崎貞行氏、そしてもう一人は、福岡県京都郡在住の施術師 岩村誠さんでした。

岩村さんと初めてお会いしたのは、私が年間一万台もの救急車を応需する救急病院に勤務し、心身ともに疲弊していた2007年10月のことでした。このとき、私は、大分市で開かれた学会に参加した後、大分県中津市で仕事されていた岩村さんを訪れ、靈山・英彦山《ひこさん》の深倉峡で施術を受けたのです。

私の左肩口には、小さいころから原因不明の古傷があります。その傷を見たわけでもないのに、岩村さんは、英彦山でのセッションで、私の左肩から左足まで、深く突き刺さっている〝エネルギー〟があると言い切りました。そして、その〝エネルギー〟をこの時の施術で引き抜いてくれたのです。

当初、私は半信半疑でしたが、引き抜かれたその瞬間、自分の体が軽くなり、呼吸が楽になったことを感じました。また、深倉峡の谷から吹き上がってきた風が、身体を通り抜けたかのように、私の後ろ髪を揺らしていることにも気が付きました。風が、身体の中を通り抜けるような感覚はこの時が初めての体験でした。

この状態を、気が通った、というそうですが、手ごたえがあったのか、岩村さんは〝ながちゃん（私の愛称）、仕事が変わるね〟と予言めいたことを口走ったのです。その1か月後、実際に私は他の病院からのオファーをもらい、移動することになったのですから驚きます。それだけではありません。大分から帰宅した直後のこと、施術を受けたことなど知らない妻から、〝顔色が良くなった〟と言われ、私は自分にただならぬことが起こったことを確信したのです。

年が明け、病院を移るや、確かに仕事内容がかわり、講演活動や自著の出版と、それまで全く経験もしたことがないような活動を始めていくことになります。岩村さんとの出会いは、私にとって人生における大きな転機となったのです。

さて、玉置山の旅に話をもどしますが、その旅程は、２０１１年8月28日から30日までの３日間でした。ゆっくりと台風12号が近づきつつあったため、その動きを気にしながら、玉置山、高野山、熊野三山を巡るという落ち着かない旅となりましたが、旅行中は、全て好天に恵まれました。しかし、私たちが旅行を終えて帰宅して間もなくの9月2日のこと、この台風は、訪問したばかりの十津川村や那智の滝などに襲い掛かり、甚大な被害をもたらしました。美しい渓谷に彩られた十津川村で何人もの方が亡くなったり、勇壮な那智の滝が崩れてしまったことに、大きなショックを受け、ひどく胸が痛みました。

玉置山は、まさにこの十津川村に位置しており、神武天皇が、天照大神の遣わした八咫烏に先導され、熊野から大和を目指した際に、神宝を置いて勝利を祈った場所とも言われます。この山に鎮座する玉置神社は、第十代崇神天皇が、紀元前37年に行幸し、その4年後に造営されたと伝えられています。悠久の時を経て佇む趣き深い社殿や、樹齢3000年とも推定される杉の巨木に感銘を受けました。この地が、千ヶ峰トライアングルの一角をなしているのです。

翌日に訪れた高野山は、約1200年前に弘法大師・空海が開山したと伝わり、世界遺産にも登録されている日本屈指のパワースポットです。死後の世界への結界ともいわれる「一の橋」から中に一歩足を踏み入れると、そこからは、参道両側に、古色蒼然とした名だたる戦国武将の墓標が並びます。仇であるはずの、明智光秀や織田信長、豊臣秀吉などの石塔が隣り合う姿は、この地域が人間界を超越した異界であることを肌で感じさせます。肉体を離れた意識は、もはや恩讐を越え、極楽浄土での再生を願うものなのかもしれません。

この旅で最も強く印象に残った場所は、最終日、熊野三山参拝の後に訪れた和歌山県新宮市にある神倉神社でした。この神社は、熊野三山の一つ、熊野速玉大社の摂社にあたり、海に面した標高120メートルの神倉山の頂上に社殿が設《しつら》えられています。ちなみに、速玉大社の主祭神は、熊野速玉大神《くまのはやたまのおおかみ》ですが、名に「速」の入る神は、ニギハヤヒを表すとの説もあります。

神倉山は、神武天皇が東征の際に登った天磐盾《あめのいわたて》山とも言われ、神話上では、神武天皇は、この地から、八咫烏の道案内で軍を進め、熊野・大和を制圧したことになっています。創建は、西暦128年と伝えられています。山上には、ゴトビキ岩と呼ばれる巨大な一枚岩が祀られており、この岩自体が、ご神体となっています。

社殿にお参りするには、源頼朝が寄贈したと伝えられる538段の石段を登らなければなりません。私たちは、残暑もまだ厳しい日差しの中、汗まみれになって神倉山の頂上まで昇りました。しかし、岩のてっぺんから一望された新宮市の景観は、陽光に煌めく海を背景にひたすら美しく映え、疲れが一気に吹き飛んでしまうほどに感動的でした。

帰り際、行きとはうって変わって軽やかに石段を下っていると、鳥居の手前で、私の前を鮮やかな黄金色の蛇が横切って行きました。元来、私は、蛇は大の苦手で、出会うと一目散に逃げるのが常です。しかし、このときはなぜか、その鮮やかな色彩に感激してしまいました。そして、思いがけず二歩も三歩も踏み出して、その蛇の後姿を目で追いかけてしまったのです。もちろん蛇は、私などに一切かまうことなく、あっという間に脇道の藪へと姿を消しました。

その興奮も冷めやらない中、鳥居を出てから振り返って撮ったのがこの写真です。**【写真7】**（巻頭カラー口絵）

驚いたことに、きらきら輝くなんとも綺麗なダイアモンド型の光が写りこんでいるではありませんか。この写真をある方にお見せしたところ、私がとくに何も説明しなかったにもかかわらず、いきなりこの光には蛇のエネルギーが見えると言われ、今一度びっくりしました。

神倉神社の巨岩は、古代から磐座信仰の場であったと考えられており、周囲からは、銅鐸の破片や、石器が出土しています。この地には、縄文時代からの民たちの祈りが凝縮されているのでしょう。

熊野市には、徐福を祀る神社である「徐福の宮」があります。徐福をニギハヤヒとする説もあることから、熊野速玉神社との関連も気になるところです。

この地では、徐福一行は何十艘もの船で船出したものの、台風に遭い徐福の船だけが波田須町の矢賀《やいか》の磯に流れ着いたと言い伝えられています。徐福らは波田須に住み着くことを決め、「徐」姓を使わず、「秦」から波田・波多・羽田・畑など「ハタ」と読む漢字をあてて名乗り、村の人たちに焼き物の製法や農耕や土木、捕鯨、医薬などの技術を伝えたとも言われています。

秦《はた》氏については、ここで詳しく触れる余裕はありませんが、日ユ同祖論を語るうえでは見逃すことのできないたいへんに興味深い一族です。その本拠は山背《やましろ》国（現在の京都府）太秦《うずまさ》とされ、秦氏の菩提寺である太秦・広隆寺は、聖徳太子（厩戸皇子）の後ろ盾として知られる秦河勝が建立したと伝えられます。その隣には、キリスト教の三位一体を表すとも言われる三柱《みはしら》鳥居で有名な木島神社（蚕の社）があります。ウズマサという奇妙な読み方についても、前出の佐伯好郎博士は、ヘブライ語の「イシュ・マシャ（イエス・メシア）」に由来すると推測しています。また太秦には、小学校の校章を含め、ユダヤの六芒星をモチーフにしたデザインが、処々に見られることもよく知られています。

この秦氏が様々な技術をもたらしたという説話は、神話において、日本全国の整備を進めたオオクニヌシと行動を共にし、穀物・医薬・温泉などの神とされるスクナビコナの行いを思わせます。この二柱の神は、いうならば日本全国に伝説の残る徐福と秦氏、といったところになるのでしょうか。

太古の昔より、同じ場所に佇んでいたであろうこのゴトビキ岩の姿を、徐福も眺めたのでしょうか。ゴトビキ岩やその眼前に広がる美しい海を思い浮かべるとき、私の意識は、時空を超え、遥かいにしえの世界に飛んでいくようです。

四国の靈山・剣山へ

翌2012年、宮崎貞行氏のご提案により、同じメンバーで、四国・剣山へ行くことになりました。2011年の秋、宮崎氏が参加した剣山のツアーが、興奮に満ちた旅であったので、そのときにお世話になった地元のガイド・ボランティアの方（粟飯原興禅氏、喜多幸治氏）にお願いし、一般の旅行者が普通では行かないような奥深い場所を訪ねてみようということになったのです。

剣山を擁する徳島県では、不思議と日本を代表する産業が生まれ育ちます。マイクロソフトにものの見事につぶされたものの、極めて高い評価を得ていたITソフト一太郎・花子を開発したジャストシステムもそうでした。かの青色発光ダイオードも、そして、大塚製薬グループもしかりです。

私も密かに心惹かれるものがあり、この機会に、ぜひとも剣山パワーにあやかりたいと思っていました。

剣山の頂上へは、初日の8月23日に登頂を予定していたのですが、あいにく爆弾低気圧の直撃を受け、豪雨の中を決行しなければなりませんでした。しかし、この手痛い洗礼が浄化の雨となったかのようで、次の日からは一転、好天に恵まれることになりました。【写真8】

写真は、翌8月24日に訪れた祭祀岩（徳島県神山町）です。崖の途中に、大きな方形の巨大な岩が、木々の間から聳え立つ様子が見てとれます。深い崖を挟んだこちら側には、天寓岩と呼ばれる巨岩が、同じように断崖に沿って屹立しています。この写真は、その天寓岩から撮影したものです。

写真8　祭祀岩（2012年8月24日）

手前側の天寓岩に登るには、崖側からロープ伝いに岩を上がらなければなりません。樹木が生い茂っていて見えないものの、足を踏み外せばまちがいなく深い谷底に落ちていきます。足がすくむような思いがしましたが、私は、必死の思いで4～5メートル崖をよじ登りました。なんとか頂上に着くと、そこは、狭いながらも平らで細長いスペースとなっており、対面の祭祀岩側と向き合うように、小さな石の祭壇が供えられていました。

天寓岩から望む祭祀岩は、ご覧のように、その上に数人の人が乗って十分座れる位の大きさがあるように見えました。台石との別称があるごとく、自然に造られたというよりは、人為的に形を調え、その場に設置されたかのようにも見え、幾何学的にも見事に整った姿でした。その美しさと大きさに圧倒され、私はただ目を瞠《みは》るばかりでした。

一体、誰が、このような岩を整えることができたのでしょうか。そのためには、決して小さくはない政治的な力が必要であったはずです。

私の脳裏には、崖の向こうとこちらで舞い祝詞を捧げあう光景が浮かんできました。人が容易に近づくことを拒み、断崖を登ってきたものだけが立ち入りを許されるこの場所は、古代においては重要な祈りの場であったに違いありません。

皆で並び、宮崎氏がアワの歌（古文書のホツマツタヱに伝えられる謡で、やまと言葉の基本といわれる）を謡いはじめると、大きなオニヤンマが飛んできて、祝福するかのように、私たちの上を旋回し始めました。

なんと興味深い遺跡が四国の山奥には残っていることか、深い余韻に浸った後、私は、この堂々たる祈禱所を作らしめた権威、王国への思いを馳せました。これほど立派な磐座があるにもかかわらず、いったいなぜなにも記録が残っていないのか、私には不思議に感じられました。そして、ふと湧いてきた、〝太古の日本には何かが隠されているにちがいない〟、との一念が、その後、私を古代史の世界へと誘っていくことになります。

写真9（巻頭カラー口絵）は、徳島県美馬郡つるぎ町一宇にある土釜です。この地は、青石といわれる硬い緑色片岩に囲まれた壮大な峡谷になっています。独特の緑色を呈する巨大な岩層を、滝が流れ落ちる様は実に壮観で、見るものを圧倒するほどの迫力がありました。緑色片岩とは、中央構造線が形成された際に、岩盤同士の圧力で発生した高いエネルギーによる変成作用で生じた岩石のことをいいますが、中央構造線以外ではなかなかお目にかかれません。しかも、緑色片岩が地表に出ている場所はたいへん珍しいとされています。日本を縦断する中央構造線にそって、この変成岩を生じさせる地殻のパワーが、日本国内に幅広く放散されているともいえるでしょう。

最終日8月25日には、天石門別八倉比賣《あまのいわとわけやくらひめ》神社という神社を訪れました。この御社の御祭神の大日《おおひ》孁女《るめ》命は、天照大神の別名であるとされています。

御神格も正一位（仁明天皇の承和8年〈841年〉に正五位を授けられ、後鳥羽天皇の元暦2年〈1185年〉

に正一位となる）であることから、この社が、古くから由緒正しく、高い格式を有していることがわかります。

社殿の裏手には、五角形の磐座があり、うっそうと茂った木々に囲まれた一帯は、昼なお薄暗く、ミステリアスでただならぬ雰囲気を漂わせていました。この磐座は、一説には卑弥呼の墓ともいわれているそうですが、高貴な人物が祀られているであろうことは想像に難くありません。**写真10（巻頭カラー口絵）**は、磐座の前で宮崎氏が、古文書ホツマツタヱに伝わる祝詞「アワの歌」を奉げている様子です。

この写真をよくみると、祭壇の裏に、白い影が写り込んでいるのが見えます。徳島阿波の地で、アワの歌を謡う、ということに、この地の神が喜んでくれたのでしょうか。初日こそ豪雨に見舞われ、少々落ち込みましたが、終わり良ければ総て良し、剣山の旅も忘れがたい素晴らしい思い出になりました。

剣山にお参りすると、大切なご縁に恵まれるとの言い伝えがあります。私の場合、木村悠方子さんにお会いし、千ヶ峰トライアングルを繋げることができたのは、剣山の霊験といえるのかもしれません。

剣山にアーク？

毎年7月17日に行われる剣山本宮の例大祭では、剣山の山頂に神輿を担ぎ上げる勇壮な行事が繰り広げられます。7月17日は、ノアの方舟がアララト山に漂着した日とも伝えられており、イスラエル人にとっては、とても重要な聖なる日になるのです。

神輿を担ぐときの掛け言葉、「エッサ」は、ヘブライ語で、「運ぶ」、「エンヤラヤー」は、「エンヤーレル・ヤー」の変化したものとするなら「我は神を誉め称えまつらん」という意味になると語るのは、エリヤフ・コーヘン元駐日イスラエル大使です。それればかりか、コーヘン氏は、「契約の箱（アーク）」が、この剣山に隠されているのでは、と考えています。

契約の箱とは、ユダヤ教における三種の神器、「十戒の石板」、「アロンの杖」、「マナのツボ」が納められている箱のことです。

「十戒の石板」とは、ユダヤの民が、神から伝えられた十の掟が刻まれた石板のこと、そして、「アロンの杖」とは、エジプトで奴隷だったユダヤの民が脱出の際に、エジプトの王の前で奇跡を起こすために用いられた杖であり、「マナのツボ」とは、出エジプトの後、40年間荒野を彷徨ったモーゼ一行の飢餓を救うべく、天から与えられた食べ物（マナ）を入れたツボのことをいいます。この三種の神器を収めた契約の箱が、日本の神輿の原型になったとも言われます。

実は、戦前の日本にも、剣山に「契約の箱」を求めて発掘を重ねた人物がいました。

1936年（昭和11年）、尋常高等小学校の校長を務め、聖書研究家でもあった高根正教《たかねまさのり》氏は、資産家の内田文吉、角田清彦の2人とともに、「剣山鉱区地質調査」の名目で、剣山山頂部の発掘を行っています。真の目的は、「ソロモン（古代イスラエル国王）の財宝」の発掘でした。

じつは、高根氏は、言靈を使って旧約聖書を解き、剣山に「契約の箱」が眠るという結論を導き出しているのです。その詳細は、栗嶋勇雄氏が、著書『四国剣山に封印されたソロモンの秘宝』に紹介していますが、高根氏の発想は、まさに破天荒で縦横無尽にひろがっていきます。抽象的で難解な箇所もありますが、その言わんとするところは一貫しています。発音が限定され48音とも50音（ことだま）とも言われるこの日本語だからこそ、さまざまな謎を封印するとともに、その謎を解く鍵も示すことができたというのです。

高根氏の論理は思いもかけぬ方向に発展し、黙示録と古事記の世界をつなげていくことになります。

- 50音表で重なるのは、い、え、うの3音、これはそのままイエスにつながる
- 馬の妊娠期間は12か月、したがって馬の数価は12、それはユダヤの支族の数、さらに徳島県美馬は『三馬』、つまり12×3で36、ミロクの土地になる。美自体、『羊』をあらわす、すなわちキリストのこと

・神のつくりである『申』は猿、猿は神のメッセージを伝える、東照宮の彫り物で有名な三猿は、黙示録の象徴
・狛犬も元はライオン、ライオンの語源は『雷音』、神聖で威厳に満ちた音
・四国は女王をかたどって造成された、それこそが伊邪那岐、伊邪那美による国づくり神話のもとになっている。女王の耳(ear)に当たるのが、祖谷(いや)、淡路特産の塩は、シオンにつながる
・平和の象徴である鳩は heart(ハート)につながる、キューピッドも鳩尾(キュウビ)から
・天は ten、十につながる、キリスト教では天とつながるために十字をきる

東洋と西洋を駆け巡る高根氏の凄まじいまでの洞察力には、ただ圧倒されるばかりです。

高根氏は、数年かけて剣山の山頂付近を100メートル以上掘り進み、大きな大理石のピラミッドなどを見つけたとされます。しかし、ここで、高根氏は、特高警察により検挙され、発掘品は没収され、探索はストップしてしまいます。その後、一帯は、国定公園となり、二度と発掘はできなくなりました。ただ、元海軍大将の山本英輔氏(山本権兵衛元首相の甥)の一団だけは発掘を許され、1952年、高根氏の坑道を掘り進んでいきました。結局は、山本氏もアークに行きつくことはありませんでしたが、このような経緯は、海外にも知られるところとなり、第三章でご紹介した齊藤衛氏によれば、現在、先出のユダヤ人、エリヤフ・コーヘン氏をはじめ、さまざまな外国人がこの地を訪れるという事態に発展しているそうです。

ここでまた、第一章でご紹介した黒澤明監督の「夢」の最終エピソードを取り上げましょう。

笠智衆さんの初恋の老婆を送る葬列は、荘重ながら、どこか心躍るような行進曲に送られつつ進んでいきました。先頭を歩く子どもたちは花を撒き、男たちは、ラッパや笛、太鼓、シンバルを鳴らし、女たちは踊り、唄っています。いったい、ここはどこの国だろう、この場面を見ていたときに湧き上がってきた違和感は、老婆の棺が運ばれてくるとさらに強まっていきます。

6人の男によって運ばれる棺は、皆の肩の高さまで上げられています。横帯で締められた上下のつなぎを着る男たちの装束は、どこかしら古代の狩衣を思わせます。棺の担ぎ方も、装束も日本の伝統的風習とは異なっているのです。しかし、私は、あくまでも、黒澤監督ならではの美学により演出されたシーンと考えていました。

ところが、ある時、私は、イスラエル国王ダビデが戦勝し凱旋する場面が描かれているタナフ（ユダヤ教の聖書）の一節を目にしたのです。そこには、〝……イスラエルは皆、声を上げ角笛を吹き鳴らし、ラッパとシンバルと竪琴を以ってうちはやし、主の契約の箱を担ぎあげた……〟と書かれてありました。その一文を読んで、私は思わずはっとしました。なぜなら、この描写は、あの老婆の葬列そのものであり、棺を契約の箱に置き換えれば、そっくりあの場面になるということに気付いたからです。

よく考えてみれば、この映画の監督は、日本人の黒澤監督、そして提供は、ユダヤ人のスティーブン・

スピルバーグ、つまり、日本人とユダヤ人によって製作提供されているのです。たまたまなのかもしれませんが、黒澤監督が、夢の楽園を作り上げるのは、日本とユダヤだと言っているようにも思えてきます。最後の野辺の送りの行進は、この世の涅槃ができたことへの歓喜という黒澤監督からのメッセージなのかもしれません。

ちなみに、「水車のある村」に続くエンディングロールに流れるテーマ曲は、ロシアの作曲家イッポリトフ・イワーノフによる『コーカサスの風景』より「村にて」です。コーカサス地方は、第四章でご紹介したスキタイ人、パルティア人が活躍した黒海沿岸からアジアにかけての地域、つまりはアスカ人の故郷とも言える場所です。この曲を選んだ黒澤監督の思いがどこにあるのかは、私には知る由もありませんが、たまらない郷愁を感じるのは、ひょっとしたら、日本人である私に、アスカ人の血が流れているから、なのかもしれません。繰り返しになりますが、「夢」のＤＶＤは安く借りることも購入することも可能です。ぜひご覧いただきたいです。**【図6】**

図6　契約の箱を担ぐ古代イスラエル人

かごめの歌と空海

童謡「かごめかごめ」は、ヘブライ語でも読み解けるとも言われており、日本シティジャーナル編集長の中島尚彦氏は、ウェブサイト「日本とユダヤのハーモニー」のなかで、ヘブライ語の知識を駆使して分析しています。そして、ヘブライ語の歌詞〝カゴー・ミー　カゴー・ミー　カゴーノエ　ナカ　ノエ　トリー　ヴァ　ヒッツィ　ヒッツィ　ディユー　ヤー　アカー　バニティーツー　カメア　ショーエヴェ　フシュラッ　ショーメム　ダラー〟を当てはめ、「何が守られているのか？　誰が守られているのか？　守護されて封印し、安置して閉ざされていた神宝を、取り出せ！そして、火を付けろ、燃やせ！　神の社を根絶せよ。　水際にお守りの岩を造り、無人の地に水を引いて支配せよ！」等の訳を引き出し、神宝が盗まれないように、古代に隠蔽作業が行われたことが仄めかされている、と中島氏は解釈しています。

日本語でも、その意味は極めて深く、謎めいています。

かごめは、籠目、籠の網目模様とも考えられますが、籠目はユダヤの六芒星を形作っています。籠の中の鳥については、「契約の箱」を指すのでは、とも言われています。そして、エリヤフ・コーヘン氏をはじめ多くの研究者が、「契約の箱」は剣山の山頂付近に隠されているのではないかと指摘しています。実際に、剣山の山頂付近には、歌に出てくる鶴岩、亀岩があるのです。鶴・亀山で、つる・

き・さんとなることから、鶴亀山が剣山に転じたとの説もあります。

鶴と亀がすべった、という歌詞には、鶴岩と亀岩が崩れるような天変地異が起こるという意味があるとも言われます。

東日本大震災のあと、水位が下がった十和田湖で、新たな洞窟が現れ、なかからキリスト像を思わせる石が出現しました。その像を見るために、アドベンチャーボートによるツアーも提供されています。十和田湖の近くには「キリストの墓」とされる陵墓があり（新郷村、旧戸来《へらい》村）、そこを訪れるイスラエルからの若者が十和田湖にも立ち寄り、英語ガイド付きツアーに参加しているそうです。

この先、剣山においても、今後何かの拍子に、鶴岩、亀岩が崩れた「後ろの正面」から、ひょっこりアークが飛び出してきたりしたら、ガイドツアーだけでは収まらない騒ぎになるのかもしれません。

「すべる」には、もう一つの意味、「統べる」があるとも言われます。鶴と亀には、日本（鶴は日本の象徴）とユダヤ（六芒星が亀に通じる）、伊勢（天岩戸神話に長鳴鳥が登場）と出雲（亀甲が神紋）などが比定されていますが、いずれも、これまで縁遠かったものが、協力して新しい世界をつくるという意味が、この「統べる」に込められているとされます。実際に、この山から聖なる「契約の箱」が発掘されれば、日本とユダヤの距離はぐっと近づくことは確かでしょう。それから、２０１３年に、伊勢神宮と出雲大社の同時遷宮が史上初めて実現し、出雲大社の禰宜・千家国麿氏と高円宮家の典子妃の婚儀が行われたことは記憶に新しいところです。新しい世界を拓く鍵がこの歌に込められているのかもしれません。

「かごめの歌」が、もし本当に日本語でもヘブライ語でも意味があるのなら、いったい誰が考えることができたのでしょう。有史以来、日本人の中でこれほど才能のある人は多くはないはずです。高根氏が指摘するように旧約聖書と古事記が結びつくのであれば、古代の日本に語学の達人がいた可能性はあるでしょう。しかし、そのほかにもう一人忘れてはならない人物がいます。高野山、そして四国八十八か所霊場を開いた弘法大師・空海です。

空海は四国に生まれ育ったとされ、遣唐使として中国へ渡りますが、空海の滞在した西明寺の近くには、ネストリウス派のキリスト教（東方キリスト教の一派、中国では景教と呼ばれた）の寺である大秦寺がありました。また、高野山にある景教碑レプリカの文を起草したとされるペルシャ僧の景浄は、空海の師である般若三蔵とソグド語の仏典を共同で漢訳しています。ですから、空海は三蔵から景教について聞いていたとしてもなんら不思議ではないと考えられています（『大師の入唐』桑原隲蔵）。そうであれば、当時の日本人としては珍しくヘブライ語にも触れていた可能性があるのです。

空海は、土木技術に関する知識も深かったとされています。実際に、唐から帰国して15年後の821年、現在もなお日本最大の灌漑《かんがい》用溜池として知られる満濃池《まんのういけ》（香川県）の改修を3か月で完了させ、多くの農民を救済しています。その他、空海が工事に関わったとされる井戸や溜池は、全国に数多く存在しており、空海の灌漑事業に対する情熱のほどを窺い知ることができます。空海が灌漑治水を学んだ理由は、庶民の救済のためとされますが、これほどの灌漑技術を持つ空海なら、聖なる神器を移し替えて秘蔵するために、新たな聖地を建造することも可能だったかもしれません。

さらに、空海は、高野山が中央構造線上にあることから、鉱物資源が豊富なことを熟知していました。そして、近辺から水銀や朱砂（硫化水銀）を採取し、神社建造に必要な丹や朱色塗料の原料として転売、大きな利益をあげたのです。この取引で得た利益をもとに、空海は高野山を建設したと言われます。

また、空海が行脚した四国の巡礼場所は、後に四国をほぼ一周する遍路で結ばれた四国八十八か所に発展していきますが、八十八か所は、「契約の箱」を埋めたとも言われる剣山から目をそらすための結界で、八十八という数も、ヤーヤーはヘブライ語の神、十はジュウでユダヤを表すとの説もあります。

空海が秘匿したとも言われる「契約の箱」、アークは、もしこの先発見されるのであれば、誰が見つけることになろうとも、決して個人的な欲望のためではなく、世界の平和のために役立ててほしいものです。それが空海さんの願いでもあるはずです。

第七章

これからの生き方を考える

――真の健康とは？

経済に支配された医療

これまでの章では、日本人がどのような歴史をたどってきたのか、日本人とはいったいどのような民族なのかについて、様々な角度から探ってまいりました。この章では一転、現在に視線を移します。そして、いま、私たちはどのような心構えで毎日を過ごしたらよいのかについて、じっくりと考えてみたいと思います。

現在、我が国では、食、医療、教育などあらゆる分野で破壊が進んでいます。絶望的な思いにもとらわれますが、しかし、本当に大事なものは、一度失ってみないとわからないものです。闇極まりて光に転ず、これこそ陰陽道の極意です。暗く混沌とした時代だからこそ、見えてくるものもあります。落ちるところまで落ちないと気が付かないことがあるのです。今は、まさにそのような時代といえるのかもしれません。真に大切なものを思い出し、失ったものを取り戻す努力をすること、この姿勢こそが、明るい未来を拓くことにつながると考えます。

それではまず、私たちにとってとても身近な問題である医療について取り上げてみましょう。ついい忘れてしまいそうになりますが、私も医師ですので、この問題は外せないところがあります。

平成25年度の国民医療費は40兆６１０億円に達しました。前年度の39兆２１１７億円に比べ、２・２％増加しています。政府やメディアは、医療費の高騰により国家財政が逼迫《ひっ》していることを、繰り返し訴えています。しかし、国民の不安を煽るだけ煽るものの、この医療費を押し上げる大きな要因の一つが、海外から輸入される高価な新薬や医療器材であることに触れることはありません。

高額な抗がん剤、ロボット手術や脳・心臓などのカテーテル治療（極細のチューブを血管内に入れて行う）に要する医療費は、我が国では、世界に誇る国民皆保険制度により補填されることになります。そして、最終的には税金で補われます。

加えて、我が国では、「高額療養費制度」も整えられているため、患者さんは、どんなに高額な治療をうけても、ある一定の医療費を払えば、残りは国が保証してくれます。さらに、生活保護制度を受給している患者さんは、医療費全額が支給されるため、治療する側も、治療を受ける側も金銭面の心配は要りません。

まさに至れり尽くせり、望まれる医療を多くの人が受けられることは、実に素晴らしいことです。しかし、例えば、増え続けるがんや膠原病の治療として使われる「分子標的薬」を含む療法では、一か月50～80万円の医療費がかかることも稀ではありません。薬価が、一か月３００万円を超える新薬も認可されています。医療が進めば進むほど、医療費はさらに高額になっていきますが、支払われた金額の少なからぬ部分は、国内の医療機関を素通りし、海の向こうの製薬業者や医療機器メーカーへ渡っていきます。

世界有数の薬消費国であり、標準的な検査や手術が国内どこでも受けられ、しかも国民皆保険制度が整い、費用未回収の恐れがほとんどないこの日本市場は、海外メーカーからすればまさに垂涎《すいぜん》の的《まと》です。このような仕組みがあるため、増え続ける医療費とは裏腹に、少なからぬ医療機関が赤字経営に喘ぐことになるのです。

ＴＰＰが導入され海外の医療保険会社の参入が認められたら、日本の国民皆保険制度が破壊されるのでは、との危惧があります。しかし、ＴＰＰが導入されたとしても、政府はこの制度を残すことを約束してくれています。そのまま信頼してよいものかとの不安も頭をよぎりますが、たとえ、政府が約束を守り、この制度を残してくれたとしても、実際は、それでも安心などできないのです。なぜなら、ＴＰＰが導入されたら、薬価決定の過程に、間違いなく海外の企業や投資家が参入してくることになるからです。つまりは、薬価を抑える仕組みが外されることになるのです。そうなれば、国民皆保険制度は残ったとしても、もはや骨抜き、血税の海外流出はさらに加速していくことでしょう。

もちろん、この税金が、日本の医療の質を高めるために、有効に使われているのであれば致し方ないところでしょう。しかし、どうやらそうではなさそうな現状が透けて見えてくるのです。

『病気を治せない医者』というなんとも挑戦的なタイトルの著書が、今注目を浴びています。著者の岡部哲郎医師は、かつて東京大学付属病院総合内科で漢方治療の責任者を務めていました。この本で、岡部医師は、あくまでも患者さん優先の立場から、現代医療の問題点を的確に分析しています。

高すぎる血圧が、脳出血や重い心臓病を引き起こし、命を縮めることは明白です。しかし、年齢が高くなれば血管が固くなるので、血液を巡らせるために、ある程度血圧が上がることは自然な反応といえます。ですから、高齢のため、必要に応じて上がっている血圧を下げれば、脳に十分な血流が回らず、その機能を低下させるという事態も予想されてきます。実際に、血圧を下げすぎると、脳梗塞、心疾患による死亡が増加することが、すでに外国の論文で実証されているのです。ところが、現状はといえば、テレビのコマーシャルでも流されているように、年齢に関係なく血圧（収縮期）は、130㎜Hg以下に下げるよう推奨されています。つまり、130〜139㎜Hgですら高血圧前状態、健康とはみなされないのです。このような状況の中、複数の医科大学で行われた降圧薬の研究において、データ捏造《ねつぞう》が発覚し、我が国の医学研究に対する信頼性が大きく揺らいだことは、記憶に新しいところです。

1000万人と推定される高血圧患者を対象とする降圧薬は、内服期間も数十年に及ぶため、その販売市場はたいへん大きな規模になります。ですから、製薬会社の間では、降圧薬の市場に食い込むため、熾烈な争いが繰り広げられています。限られたマーケットのなかで業績を伸ばすために、一番手っ取り早い方法の一つは、高血圧の患者を増やし、販売市場を拡大することです。高血圧の基準を下げることは、その目的に適った方策と言えなくもありません。ですから、高齢者の正常血圧を、若年者と同じ基準で定めることの裏には、業績至上主義があるのではないか、そんな疑念もわいてくるのです。

さらに、岡部医師は、血液中のコレステロールを下げる高脂血症薬にも、同様の問題があることを指摘します。血中のコレステロール値が高くなれば、高血圧と同じように動脈硬化を引き起こし、死亡率が上昇することは確かです。しかし、女性で閉経後に上昇するのは、血管壁を守り、命を守るための反応でもあります。血圧同様、コレステロールを下げすぎても、脳の血管が破れて脳出血を起こし、死亡率は上がるのです。私が医師になった30数年前は、総コレステロール値の上限値は、250mg／dlでしたが、いまは、210～220mg／dlに下がってきています。

その一方で、高脂血症の薬には、横紋筋融解症という重大な副作用のあることが報告されています。岡部医師は、この副作用が寝たきりの高齢者を増やすのではと危惧します。私自身、高脂血症薬を投与したあとに患者さんが全身の脱力を訴えたため休薬したところ、症状が改善したという経験が何度かあります。もちろん、高脂血症薬が有効であることは論を俟たないのですが、処方する医師は、投与の必要性について慎重に検討することはもちろん、横紋筋融解症についても、十分理解しておく必要があると考えます。

また、岡部医師は、高価な子宮頸がんワクチンについても、有効性、安全性の面から、論理的に整然と批判を展開していきます。歴史上、ワクチンが、多くの感染症から人類を救ってきたことは確かです。しかし、子宮頸がんワクチンについては、がんの原因とされるすべてのウィルスをカバーできず、持続期間も短いという問題点があったことに加え、他国で重い副作用が報告されていました。そのため、少なからぬ識者が反発の声をあげたにもかかわらず、厚生労働省は、このワクチンの接種を若い女性に義務付け開始したのです。接種が始まるや、重篤な副作用が続き、厚生労働省もやっと積極的推奨を撤回するに至りましたが、この悲劇は、いま訴訟問題に発展しています。繰り返されてきた薬害訴訟の教訓は、今回も全く生かされなかったのです。

メディアでは、高価な肺炎球菌ワクチンが、盛んに喧伝されていますが、このワクチンについても注意が必要です。確かに高齢者の死因として肺炎が多いことは統計的に明らかです。しかし、肺炎球菌は、その原因の一つではあっても、決して主因ではありません。たまたま事件現場にいた、というだけのことに過ぎません。事件、すなわち高齢者肺炎の最も大きな原因は、あくまでも、嚥下する筋力の低下です。そのために、食べ物が食道に流れず、気管に入ってしまい誤嚥性肺炎が起こるのです。高い肺炎球菌ワクチンを投与すれば、それですべて防げるというものではありません。高価なワクチンよりも、高齢者の集まる施設で、口腔内の清潔や嚥下訓練法を指導する方が、はるかに効果的で経済的なはずです。

このような状況をつぶさに見ていくと、今、医療現場で使われている薬やワクチンは、本当に必要なものがどれくらいあるのか、という疑念がわいてきます。これらの高価な薬剤も、医療費を高騰させる要因となっており、その費用対効果については厳密に検証されなければならないはずです。

その投与の是非を検討する際に、専門家は、科学的根拠に基づいて判断します。ＥＢＭ（Evidence-based Medicine、科学的根拠に基づいて診療方針を決定すること）と呼ばれる手法です。ＥＢＭは、その発祥の地、アメリカやヨーロッパの研究機関が中心となって集計した論文のデータが基準になっています。ですから、間違いなどあろうはずはない、大多数の専門家は、このように考えています。

残念ながら、我が国においては、降圧薬に関する研究で、捏造が発覚してしまったことは先ほども申しあげたとおりです。では、もし、ＥＢＭの本家アメリカで、信頼すべきデータが、経済的な利益を求めるあまり、捻じ曲げられているとしたら、どうでしょう。そのまま無批判に受け入れることは、全世界の人たちの健康に重大な影響を及ぼすことにつながりかねません。ですから、このようなことは本来あってはならないことのはずです。しかし、じつは驚いたことに、アメリカにおいても、政府と食品・医薬・製薬業界の癒着により、数々の研究データが改竄《ざん》されてきていることが、曝露されているのです。信じたくはない、というのが本音ですが、その戦慄すべき実態を覗いてみることにしましょう。

チャイナ・スタディーの衝撃

今、欧米では、ベジタリアンが急増しています。

その大きな要因の一つとなっているのが、コーネル大学名誉教授、栄養学の世界的権威であるコリン・キャンベル博士によるチャイナ・プロジェクトであることは間違いありません。博士の著書『チャイナ・スタディー』にはその詳細が描かれています。動物性たんぱく質神話の崩壊、ともいえるその内容は、相当に衝撃的です。

１９７０年代、末期がんで死の床にあった中国の周恩来首相の命により、中国全土で大々的ながんの疫学調査が行われました。９億近くの人口を対象としたこの大規模な研究により、中国のがんの分布に、大きな地域差がみられることが明らかになりました。がんによってはその罹患率は、最高の地域と最低の地域の間で１００倍もの差があったのです。

この研究に触発され、キャンベル博士は、中国65の郡で６５００人を対象に、３日間の詳細な食事調査、血液検査などを徹底的に行いました。その結果、最高と最低の地域で脂肪摂取は6倍、食物繊維摂取は5倍もの差があることがわかりました。そして、栄養状態、食事内容と罹患する病気の種類との間に、明らかな関係があることも判明したのです。

この研究をもとに、キャンベル博士は、栄養過多が招く病気として、がん、糖尿病、心疾患などが、また、貧しさが招く病気として、肺炎、寄生虫、結核などが挙げられるとの結論を導き出しました。

この研究では、アメリカと中国農村部との間で、摂取する食事内容の比較も行われています。アメリカでは、総摂取カロリーの15~16％が蛋白質で、そのうちの80％が動物性蛋白質、ところが、中国農村部では、総カロリーの9～10％が蛋白質で、そのうち動物性蛋白質はわずか10％に過ぎないことがわかりました。このような食事の違いが、がんや糖尿病の発生に関連していると考えられたのです。

また、博士は、ネズミを用いた実験で、〝絶えずがんの発生・増殖を強力に促進させるもの〟が、カゼインであることを突き止めました。カゼインは、牛乳蛋白質の87％を占めるもので、この蛋白質が、がんの形成・増殖のどの段階にも作用したと述べています。一方、大量に摂取してもがんの形成・増殖を促進させない蛋白質も見つかりました。それは、小麦や大豆などの植物性由来の蛋白質だったのです。

博士は、これらの研究成果から、プラントベース（植物主体）、ホールフード（丸ごとの食事）、つまり、動物性蛋白質を避け、サプリメントのような形ではなく、丸ごとの素材のまま栄養素を摂取することを勧めています。

しかし、残念なことに、キャンベル博士のこの研究成果は、米国政府の国民指針には全く生かされることはありませんでした。政府と食品・医薬・製薬業界のドロドロした関係が、国民の健康にとって、大きな意味を持つはずの情報を闇に葬ってしまったのです。

キャンベル博士は、自らの貴重なデータから得られた指針を1982年、「食物・栄養とガン」として公表しました。そして、「果物と野菜、それに全粒穀物を摂取し、一方、総脂肪摂取量を減らすこと」を強く奨励したのです。しかし、この報告書は、「農業科学技術審議会」をはじめ、「米国食肉協会」、「全国肉牛生産者連盟」、「全国牛乳生産者協会」など、数多くの食肉、畜産組合から大バッシングを浴びせられることになりました。さらには、政府のお声がかりで創設され、キャンベル博士が支援を要請された「米国ガン研究協会」も、食品、医学、製薬業界から敵視されました。ことに「米国ガン協会」が激しい中傷の先鋒となり、「この組織（米国ガン研究協会）の科学委員長（注・キャンベル博士）は、信用のない八、九人の医師グループを率いており、医師のうちの何人かは服役したことがある」との根も葉もないデタラメな情報まで流されたのです。

歴史を振り返ると、同じような扱いを受けた研究として、「マクガバン報告」が挙げられます。

１９７６年、マクガバン上院議員は、科学的データをもとに、「肉や脂肪の摂取量を少なくし、もっと果物と野菜の摂取量を増やすことが心臓病を予防すると思われる」とする「マクガバン報告」を起草しました。しかし、この報告も、政府系の「公衆栄養情報委員会」により、インチキと見做されました。その判断に科学的根拠などは存在しないのですが、大マスコミがどちらを選ぶのか、それは明らかでした。

この「マクガバン報告」と同様、キャンベル博士の「米国ガン研究協会」も、「米国ガン協会」やメディアに追い詰められていったのです。

国民の健康向上を目的としたはずの指針が、大きくゆがめられてしまった結果、アメリカでも日本でも、がん、糖尿病、心疾患が見つかると、医師によりまず薬が処方されるという流れが出来上がりました。患者もその治療法を疑うことはありません。もちろん、食物とがんとの関係性について、医学部で教えることなどほとんどありません。その結果、薬害もひろまり、薬の副作用などによる医原性疾患で命を落とす人はアメリカで毎年なんと十万人、死因の3位を占めるまでになったことをキャンベル博士は指摘しています。

科学者の大半は潔癖で聡明で、公共の利益のために研究に打ち込んでいる、しかし、中には自分を高く買ってくれる人に自分の魂を売り、個人的利益に走り、恥と思わない研究者もいる、数の上では少なくてもその影響力は甚大である、とキャンベル博士は嘆きます。

暗澹たる気持ちに襲われてきますが、しかし、キャンベル博士のこの著書が、全米でベストセラーとなったことで、世の趨勢に変化が起こり始めました。そして、国民の食の選択に大きな影響を与えつつあるのです。

医療を変えるのは〝常識〟にとらわれた医者ではなく、気づいた患者の自立、その選択です。言い古された言葉ではありますが、自分の健康は自分で守るしかないのです。

このようなことから､選ぶべき行動がはっきりと見えてきます。それは食の見直しに他なりません。多くの医学者は、ほとんど問題にしませんが、食の問題はゆめゆめ侮ってはいけないのです。

私の周りには、いわゆるベジタリアンと呼ばれる人がいます。但し、その基準はさまざまです。

ビーガン、ピュア・ベジタリアンと呼ばれる人たちは、動物に苦しみを与えることへの嫌悪から、動物の肉（鳥肉・魚肉・その他の魚介類）と卵・乳製品を食べず、また動物製品（皮製品・シルク・ウール・ゼラチンなど）を身につけることもしません。その一方で、植物性食品に加え、牛乳やチーズなどの乳製品のほかに卵も食べるラクト・オボ・ベジタリアンと呼ばれる人たちもいます。欧米のベジタリアンの大半がこのタイプと言われています。

食物に対する反応も個人差が大きいため、人によって選択は当然異なってくることでしょう。しかし、どのような形であれ、肉食を控えることは、個人の健康という枠を超え、たいへん大きな影響力を持つことが知られています。

本来、動物肉は、非常にエネルギー効率の悪い食材であり、たとえば、鶏は、肉1kgを作り出すのに2kgの飼料穀物が必要となります。同様に、豚肉では4kg、牛では10kgもの飼料を必要とします。肉食を控えれば、これらの飼料を、一部食料として利用することも可能になり、深刻な飢餓問題の改善に寄与することが期待されているのです。

肉食は文化であり、楽しみのために肉を食べることまで否定はしないという考えもあります。私自身ベジタリアンではありません。百歳超の高齢者の中にも、肉食が好きな方はおり、個人差も大きいことでしょう。しかし、肉は、健康づくりに必須の栄養食品、というよりは嗜好品と捉えたほうがよさそうです。酒、タバコと同様、健康に配慮しながら楽しむという考え方が、今や必要なのです。

一人ひとりがこのような考えをもち、食べものを選択することが、健康のみならず、大げさではなく地球の未来にも大きく関わっていくことでしょう。

長崎原爆を生き抜いた秋月医師は、自身の身体をもって、大豆、米、麦といった植物性蛋白質が、日本人の健康を守るうえで不可欠である、と訴え続けました。今一度日本人は、秋月先生の直言に耳を傾け、肉食主体の食生活を見直し、身土不二に根差した我が国における食事の基本、「玄米、塩、発酵食品」を思い起こす必要があると考えます。

シャーロットのおくりもの ――医療大麻はどのように考えたらよいのか?

天皇陛下が即位後初めて行う大嘗祭でお召しになる「大麻の織物」麁服《あらたえ》は、徳島県在住の阿波忌部直系となる三木家当主のみに調製が許されています。

市井の人が真似をしたら、逮捕されることは必定です。しかし、戦前においては、麻（大麻）の耕作者は2万人を超えており、麻は日本の主要農産物のひとつだったのです。ところが1948年、敗戦国の日本に対して占領軍であるGHQ（連合国軍最高司令官総司令部）は突然、大麻取締法を押し付けてきました。当然、当時の農林水産省は抵抗しましたが、国会ではほとんど審議らしい審議はなされなかったそうです。これまで、ほとんどの日本人はこのことを深く考えず、ひたすら大麻は危険なものとして扱ってきました。

しかし、２００８年にはイギリスの研究団体ベックリー財団が「大麻は精神及び身体を含む健康問題で良くない場合があるが、相対的な害では、それはアルコールかタバコより極めて害が少ない」とする報告書を発表しています。また、２０１６年5月現在、現在全米50州のうち、医療用大麻を認める州は23とすでにほぼ半数近くに達しています。しかも合法化された州への転居が後を絶たないため、全州で合法化される日も近いと言われます。

日本にいるとまったく理解できないこのアメリカの変貌のきっかけとなったと考えられる衝撃のドキュメンタリー番組が、「シャーロットのおくりもの」でした。シャクルフォード医師の語りに始まるこの番組が、２０１３年8月にＣＮＮを通じ全米で放映されるや、一大センセーションを巻き起こしたのです。

重度のてんかん発作ドラベ症候群と診断された2歳の少女シャーロットは、ある薬で死にかけ、ついに呼吸がとまり、人工呼吸器につながれてしまいます。何とか命を取り留めたものの、その後も週３００回もの発作に苦しみます。シャーロットが5歳のとき、悩んだ末に両親が選択し、運命を託したのが医療用大麻でした。投与後、劇的な効果が現れ、発作は週に一度となったのです（〝シャーロットのおくりもの、衝撃のてんかん治療法〞で検索）。

ここで、大麻取締法について、あらためて確認しておきましょう。

「第一条　この法律で「大麻」とは、大麻草（カンナビス・サティバ・エル）及びその製品をいう。ただし、大麻草の成熟した茎及びその製品（樹脂を除く。）並びに大麻草の種子及びその製品を除く」

そもそも、この法律で規制されているのは、花や葉であって、茎、種は規制されていないことに注意しなければなりません。この規制の対象外である茎に含まれているのがＣＢＤ（カンナビジオール）で、これこそが医療大麻の薬効成分そのものなのです。

一方、花や葉に多く含まれるのが酩酊作用のあるＴＨＣ（テトラヒドロカンナビノール）で、こちらは向精神薬として規制されています。しかし、ＴＨＣの依存性、禁断症状、耐性、依存性などは、ヘロイン、コカイン、アルコールと比較すると、半分から4分の1程度、カフェインと同程度とされています。

薬物マリファナはＴＨＣの濃度を高めたものが流通しています。一方、アメリカで、スタンリー兄弟により、ＣＢＤ17％、ＴＨＣ0・5％の大麻株が開発されたため、医療用として、ＣＢＤ濃度を高めたエキスの製造が可能になりました。従来は、ＴＨＣが薬効成分と考えられていたのですが、このＣＢＤエキスがシャーロットに著効を示したことから、酩酊成分のないＣＢＤに高い薬理作用があることが判明したのです。この品種はシャーロットのおくりもの(Charlotte's Web)と名付けられ、大麻合法化への道を一気に推し進めました。

いまや医療用大麻は、米国で多くの人を苦しみから救っています。現状では、ＣＢＤのみ認める州もあれば、花や葉まで認める州もあり、対応はまちまちです。ただし、合衆国連邦法では、日本と同様に禁止されたままです。

戦前の日本においては、米と麻は、10対1の割合で栽培するように、法律で国から命じられていました。評論家の篠田暢之氏は、『禅のこころ、和のこころ』のなかで、戦前に大麻が、油、織物に使う繊維、食料、漢方など様々な要素で使われていたことを紹介しています。麻は、1948年にGHQによって、大麻取締法が制定されるまで日本の主要産物の一つだったのです。一方的にこの法律は可決されたのですが、農林水産省による抵抗が功を奏し、なんとか、茎、種は、使用することが許されたのです。その茎にCBDが含まれていたことは、幸運であったと言えるのかもしれません。天が与え給うた一筋の希望のようにも思えますが、しかし、たとえ大麻が薬効性を有しているとしても、本当にCBDだけでよいのか、他の成分は必要ないのかを今後厳密に検証していく必要があるでしょう。

2010年8月30日には、テレビ東京「ワールドビジネスサテライト」のなかで、キャスターの小谷真生子氏が、オークランド市が、医療大麻で失業率と財政赤字の解消を計画していることなどを報告しています。2015年1月4日、やはりテレビ東京の特集番組で池上彰氏も、アメリカコロラド州における医療用大麻の現状について紹介しています。2015年11月12日、朝日新聞デジタル版にも、米国各州で大麻の使用を認める動きが進んでいることが報じられています。数年後には、米国内で一兆円規模の合法的な大麻市場ができるとの試算があることも紹介されています。

世界で初めて大麻を合法化したのは南米ウルグアイ、その指揮を執ったのは、世界一貧しい大統領として知られるムヒカ大統領でした。合法化を図った最も大きな理由は、〝大麻の密売をなくせば、麻薬組織の資金源が絶たれ、犯罪が減る、麻薬の乱用による若者の犯罪を防止できる〟というものでした。ムヒカ大統領は、中毒性の高い麻薬の流通を阻止するため、栽培量、販売量を制限し、適正に栽培する事を目指し、犯罪を減らすことに成功したのです。

ニール・ドナルド・ウォルシュの『神との対話②』から引用します。

なぜ、アメリカが、大麻を取り締まることに熱心なのか、その理由が明快に示されています。

「大麻が禁止されている表向きの理由は、健康に良くないということだ。

だが、じつは大麻はタバコやアルコール以上に習慣性や健康上の危険があるわけではない。

では、タバコとアルコールは法律で保護されているのに、なぜ大麻は許されないのか？

もし大麻が栽培されると、世界中の綿花栽培業者やナイロン、レーヨン生産者、それに木材生産者の半数がたちゆかなくなるからだよ。

じつは、大麻は地球上でいちばん強くて丈夫で長もちがして、役に立つ材料のひとつだ。衣服用としてもこんなにすぐれた繊維はないし、ロープをつくれば丈夫だし、パルプ原料としても、栽培も収穫もじつに簡単だ。新聞の日曜版の紙をつくるだけでも、毎年何十万本もの木が切り倒されていて、世界の森林の大量破壊が問題になっている。大麻を使えば、一本の木も切らずに何百万部も新聞の日曜版を印刷することができる。

ほかにも多くの原材料のかわりになるし、コストは一〇分の一ですむ。

肝心なのは、そこだ。この奇跡のような植物――大麻は薬品にもなるしね――の栽培を許可すると、誰かが損をする。だから、アメリカではマリファナ（注・乾燥大麻）が違法なんだよ。

電気自動車の大量生産や、手ごろな料金の行き届いた医療制度、各家庭での太陽熱を利用した暖房や発電がなかなか実現しないのも、同じ理由からだ。資本力や技術力だけなら、何年も前につくれたはずだ。

それではなぜ、いまだにできないのか。

そういうものが実現したら誰が損をするかを考えてみるといい。そこに答えが見つかるよ。

そんな「偉大な社会」をあなたは自慢に思えるかな？

みんなの利益になることが実現するのをいやがって、わめいたり暴れたりしてじゃまをしている、それが「偉大な社会」だろうか」

大麻草は、縄文時代から、この日本の大地に自生し、日本人の生活と深く関わってきました。祭事はもちろん、医療、衣料、そして種からとれる栄養価の高いオイルは、食用、美容などに広く用いられてきました。また生育の早い一年草で、連作が可能であることから土壌改良効果もあるとされます。二酸化炭素の吸収量も多く、環境対策にも有用であると考えられています。無駄のない大麻は、陸のクジラとも言われています。このように考えてくると、捕鯨反対キャンペーンの背後にも、何らかの事情があるのではないか、と勘繰りたくなってきます。

縄文時代の由来となった縄文土器の縄目紋様は、大麻を使って刻印されていました。縄文時代から、この国に連綿と伝わってきた尊い伝統の息吹は、大麻の種の一つ一つに宿っているのです。森の民、ケルト人も類似した紋様を残しています。太古の昔より、自然と親しんできた民たちの傍には、大麻があったのです。

大麻は危険という価値観を、私たちはメディアにより繰り返し刷り込まれ、信じ込んできました。しかしながら、どうやらこの思い込みを今一度みなおしてみる必要がありそうです。そこに未来への希望があるのかもしれません。これからの社会が必要とする縄文からの智慧が、この辺りにも潜んでいそうです。

看取りの医療

どんなに毎日元気に生き抜いたとしても、この世に生を受けた以上、いつかは必ず死を迎えなければなりません。これまで、多くの人はこの現実を考えないようにしてきました。しかし、仏教に生死一如《しょうじいちにょ》との教えがあるように、もともと我が国では、生と死は一体と考えられてきました。繰り返しになりますが、死を見つめることは生を見つめること、日々健康に生きるためには、死を意識することが本来不可欠なのです。

医療もまったく同様です。超高齢化社会を迎えようとしている現在、医療においても真摯に死と向き合うことが求められています。治す（キュア）こともとても大事ですが、その一方で、寿命が近づいたり、治癒の見込みが厳しい時に、寄り添う、支える、そして看取る（ケア）ことも、医療の重要な役目のはずです。しかし、これまでケアは負け戦のように扱われ、重きを置かれてきませんでした。超高齢化社会を迎えるこの日本においては、キュアに傾いていた医療の軸足を、ケアのほうにもう少しずらす必要があると私は考えています。

寄り添い、支えるケアの現場ということでは、末期がんの患者さんが多く入院する緩和ケア病棟がすぐに思い浮かびます。もちろん、がんの患者さんのケアも重要な役割です。しかし、ケアにはもう一つ大事な使命があります。それは、生き切ったご高齢の方のお気持ちをくみ取るということです。

２０３０年、今より死亡者が40万人増え、看取りの施設が絶対的に不足すると言われています。しかし、宮本顕二医師は、著書『欧米に寝たきり老人はいない』の中で、この危機は、皆が意識を変えれば十分乗り越えられると訴えます。自分に判断能力が無くなったら、延命処置は望まない、と希望する人は、一般人、医療者に関わらず、日本においても85％超、しかし、その意向を共有するシステムが日本にはありません。認知が進行し、家族のことがわからなくなっても、気管切開からのつらい吸引を繰り返され、胃瘻からの栄養投与を受けながら、入院を続ける患者さんが数多く日本にはいます。このような患者さんの意向を前もって聞き入れるシステムがあれば、この状況は大きく変わるかもしれないのです。

つい先日、横浜にある、ミッションスクールの理事長を務めるシスターに、お会いする機会がありました。シスターは84歳というご高齢でしたが、その時に話されたことは、「何人もの看取りをしてきたけど、点滴とか薬とか、余計なことしないと、苦しみなく死ねるの、弱った体に手術までしたがるドクターもいるけど、どうかしらねえ、かえって寿命を縮めるだけなんじゃないの？」ということでした。語りながら微笑みを浮かべるシスターからは、「じたばたしない、どうせみんな死ぬんだから」という毅然とした、そして決して悲壮ではない強い覚悟が感じられました。

欧米では、食事が取れなくなったら、点滴を投与したり、胃に直接栄養をいれるチューブである胃瘻を作ったりということはしません。点滴は救命救急の現場では大切ですが、栄養状態の落ちた高齢者に投与しても、血管の中から外へ滲みだして、浮腫《むく》みを起こし、腹水や痰を増やしたりするだけで、口の渇きを癒すにはそれほど役には立ちません。口の渇きには、点滴よりも、お口をぬれガーゼで湿らすことの方が有効な場合もあります。

日本緩和医療学会の「終末期がん患者の輸液療法に関するガイドライン」には、推定余命1か月以内と予想される終末期がん患者に対しては、輸液での水分投与は、「それだけでは必ずしも症状の緩和に役立たない」とはっきりと述べられています。高齢で体力が下がると、口喝、空腹といった感覚自体が鈍くなるとも言われています。豪州政府発行の「緩和医療ガイドライン」（２００６年版）には、「無理に食事をさせてはいけない」「経管栄養や点滴は有害と考える」との記載もあります。

救命救急医療を含め、高齢者への積極的医療を差し控える欧米の文化の根底には、高い医療費の問題があり、私は全て良いとは考えていません。現時点における国民皆保険制度のもとでは、通常の生活を送れる限りは、何歳になろうとも、急病の時には救命治療が受けられたり、透析などの大切な治療処置が提供される環境が望ましいと思います。しかし、残念ながら急性期医療が功を奏さなかった高齢者に対しては、過剰でない医療や、静かな看取りを選択肢にいれることも必要ではないか、と考えています。実際に、私が勤務する育生会横浜病院でも、寝たきりで意思の疎通を図ることのできない高齢者のご家族は、積極的な治療を望まれない場合が増えてきています。

死を敗北とすることで現代の医学が進歩したことは確かです。しかし、人間が１００パーセント死ななければならない以上、死を受け入れる医療も必要です。現実的に、穏やかに死を受け入れる人も増えつつあります。医療者は、先ほどのシスターが語ったような意志を尊重し、その思いを受け取る必要があるのです。しかし、可能な医療には限界があるにも関わらず、死の間際に至るまで、医師は何か治療をしなければと考えがちであり、患者の最期を平穏に看取ることがなかなかできません。また、少しでも長く生きてもらおうと、患者さんに積極的な治療を望むご家族も少なくありません。このような医師、家族の互いの思いが、患者さんがどのような希望を持っているかに関わらず、安らかな死を妨げていきます。

２０１６年1月5日、朝刊には、宝島社の大々的な企業広告が掲載されました。そこには、青いドレスで川の中に横たわる樹木希林さんの姿がありました。

「人は必ず死ぬというのに。長生きを叶える技術ばかりが進歩してなんとまあ死ににくい時代になったことでしょう。死を疎むことなく、死を焦ることもなく。ひとつひとつの欲を手放して、身じまいをしていきたいと思うのです。人は死ねば宇宙の塵芥。せめて美しく輝く塵になりたい。それが、私の最後の欲なのです」

樹木さんは、この企画について「生きているのも日常。死んでいくのも日常。死は特別なものとして捉えられているが、死というのは悪いことではない。そういうことを伝えていくのもひとつの役目なのかなと思いました」との思いを語ったそうです。

「死」といえば多くの人にとっては怖いもの、できれば考えたくないものであるはずです。しかし、本当にそうなのでしょうか。たとえば、暗闇を怖がって目をそらし続けているといつまでも恐怖は消えません。でも、勇気を奮ってじっと目を凝らしてみつめていると、だんだん暗さに目が慣れていろいろなものが見え始めてきます。そうすると、〝なんだ、怖いものなど何もないじゃないか〟とばかりに気持ちが落ち着いてくるものです。ひょっとしたら死も同じようなものなのかもしれません。なぜなら、私が出会った患者さんの中には、怖いはずの死と向き合い、葛藤の末にこれを受け入れ、悠然とこの世から卒業していく人たちが少なくなかったからです。この樹木さんの記事を読んで、私の脳裏には、その方たちの姿が思い起こされてきました。

このように、死を当たり前なものとして捉え、超然として旅立とうとする人を支えるためには、積極的な治療を控え、本人や家族の意志、尊厳を守ることが必要になってきます。医師も意識変革を図らなければなりません。緩和ケアの現場での目標であったのは生活の質（ＱＯＬ）ですが、看取りの現場では、死の質（ＱＯＤ）を見据えることが求められるのです。

人は、存分に生き切ることができれば、旅立ちが近づいたときに自然と覚悟が定まる、言い換えれば、人間には、逝く力があることを私は確信しています。さらに私は、これまでの経験を通じ、家族にも見送る力があることがわかりました。しかし、その力を発揮するには普段からの準備が必要です。死は悪いものという概念を手放し、死をいたずらに遠ざけず、いつかは来るもの、として、普段元気なうちから受け入れておく必要があるのです。

親鸞は、生きてよし、死んでよし、という言葉を残したとされますが、生き切った人にとっては、死は決してこわいものではありません。逝く力、見送る力を発揮できるように、患者さんやご家族を支えるケアも、医療の重要な役割であると、私は考えています。

看取りの現場では、ご家族は「死ぬなんてかわいそう……、いつまでも生きて、死なないで……、私たちを置いて行かないで……」のような思いを抱きがちでした。これらの思いは、……で終わっているように、胸の中にとどまり、言葉に出されることはありません。もちろん、若くして亡くなる方はお気の毒ですが、生き切った方へは、「たいへんお疲れ様でした！　ご苦労様！　これまで本当にありがとう！　楽しかった！　また会おうね！」と声に出して語りかけてあげたほうが良いのではないか、と私は感じています。実際に、そのようにされるご家族も見受けられるようになってきました。送られる方も、送る方も、その方が幸せであり、愛する人を失った悲しみも、納得してお見送りができたら、早晩癒されていくものです。長らく頑張った人を、温かく包み込み、送り出すことができれば、社会はもっと愛にあふれたものになり、皆が生き生きとしてくるにちがいありません。

私たちの病院での取り組みは、２０１６年1月31日の日本経済新聞夕刊の特集でも取り上げられました。

「……死に向かう方に伝えたい気持ちは、死は敗北ではなく、ほんとうにご苦労さまでした、という思いです。若い方の死はお気の毒ですが、十分生き切って、ご苦労さまと言われ、死ぬ場所があると社会は安心できると思う。それには医療者のマインドが大事だと思う。患者さんの感性は研ぎ澄まされていて、ウソがつけない世界です。そういう時、本音の付き合いをしなければいけません。ですから死に対してちゃんとした心構えをもっていなければ見透かされ、心を開いてもらえません。こちらが死に対する覚悟をもっていれば感じ取ってもらえる。そういったマインドをもった医療施設でありたいのです」

　日本経済新聞は、死とは縁遠いビジネスの最前線で活躍される方々に広

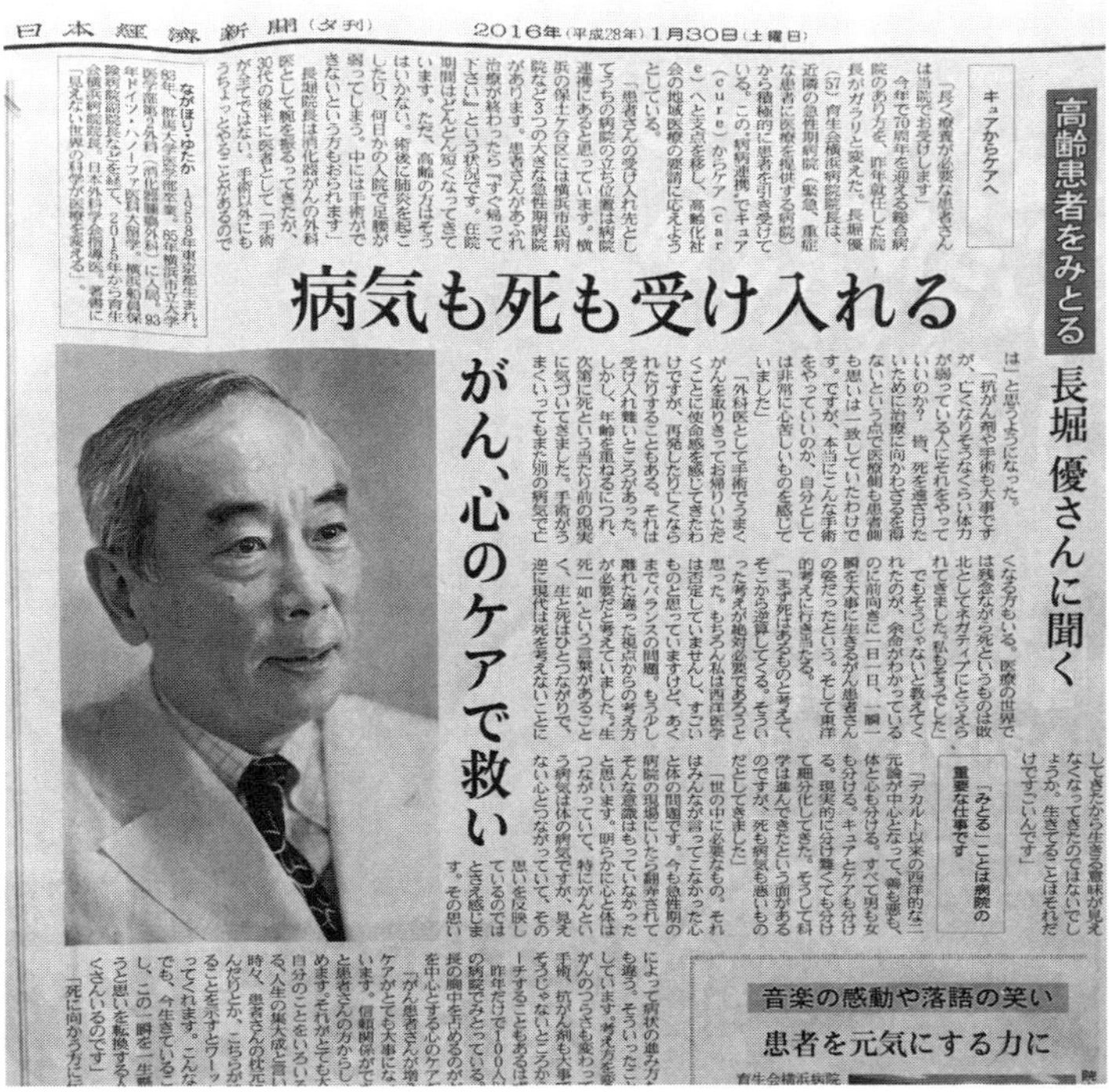

日本経済新聞（夕刊）　2016年（平成28年）1月30日（土曜日）

高齢患者をみとる

長堀 優さんに聞く

病気も死も受け入れる

がん、心のケアで救い

キュアからケアへ

「みとる」ことは病院の重要な仕事です

音楽の感動や落語の笑い　患者を元気にする力に

図7　日本経済新聞　シニア記者がつくるこころのページ

〈出典　日本経済新聞 2016 年 1 月 30 日 夕刊より〉

く読まれていますが、その誌面に、「病気も死も受け入れる」という見出しが躍ったことに、私は正直驚きました。さらに、この記事では、当院で行われている桂歌助師匠の院内落語や、患者さんへのアロマテラピーの試みも紹介してくれました。時代は、徐々に変わりつつあるのかもしれません。

【図7】

末期がんの夫を在宅で看取った体験を記録したドキュメンタリー映画〝いきたひ〟が今話題となっています。すでに全国100か所以上で自主上映が行われ、NHKラジオ深夜便でも紹介されています。この映画を撮影した長谷川ひろ子監督は、「生」の下の一と、「死」の上の一を合わせた合字を映画のタイトルとし、この作品の象徴としています。この字は、「生」の下にタヒが付いたようにも読め、映画のタイトル「生きタヒ」に繋がります。そして、映画の主題〝死を活かす生、生を活かす死〟を表しているのです。

長谷川監督は、この造語について、〝真逆と思われることも実はその境は幻であり、二極化の理由はそれが一つになった時の感動、歓喜、感謝を体感する為ではないかと思います。生と死、あの世とこの世、あなたと私、国と国、私と先祖、親と子、男性と女性、自然と人間……二極を一つにするのは「愛」なんだと思います〟と語っています。

長谷川監督のご主人、秀夫氏は、最後の命の輝きを、在宅の看取りの現場で、ご家族にすべて伝えきって逝かれました。

〝まだお父さんに教えてほしいことがたくさんあったけど、大丈夫、自分で聞きに行きます〟、〝いっぱい叱ってくれてありがとう、おかげでたくさんの思い出ができました〟、〝早く死んでしまうお父さんを選んだのは僕、このお父さんの子供に生まれてよかった〟。

まだ幼い子供たちも、父の最後の姿としっかり向き合い、その死を前向きにとらえていきます。人生において避けられぬマイナスの出来事も、考えようによっては、人生を深めるかけがえのない体験となりうるのです。まさに、人間万事塞翁が馬、です。古くて新しいこの諺が、お子様たちの健気な姿勢を通じ、あらためて胸に刻み込まれます。

秀夫氏の頸部に大きく張り出していたがんは、在宅で点滴もほとんどせずに看取ったことにより、最後には驚くほど小さくなっていきました。我が国のターミナルケアの現場では、点滴が当たり前に行われていますが、点滴がどれほどの意味があるのかその意味合いについて、

図8　映画「生きタヒ」のリーフレット

あらためて考えさせられました。【図8】

この映画には、先ほども言及したような胃瘻や輸液などの医療処置の見直し、在宅での看取りなど、日本が超高齢化社会を乗り切るための重要なポイントが示されています。ベッド数に限りがある以上、在宅での看取りの拡充が大きな課題ではありますが、核家族化が進む住宅密集地域では、なかなか在宅看護が難しい場合もあります。そのようなときは、療養施設を備える当院のような医療施設がバックアップしていくことも可能です。今後は、病院と在宅ケアの密な連携が、新たな地域医療を展開していくことになるでしょう。

人生を悔いなく生き切った人の気持ちを汲み取り、〝お疲れ様、ありがとう、楽しかったよ〟の言葉で見送ることができれば、患者さん、ご家族が癒されるばかりではなく、地域にも安心感を届けることができるはずです。死をいたずらに遠ざけるのではなく、当たり前のこととして受け止める覚悟が、これから超高齢化社会を迎える日本には、是非とも必要になってくるのです。

見えない世界への旅立ち

90歳を迎えたばかりの女性のNさんが、悪性腫瘍のため、当院で旅立たれました。後日、ご家族がご挨拶のためにわざわざ来院し、私のもとを訪れてくれました。

Nさんは、認知症などとはまったく無縁の方で、絵の教室を開催するなど実に活動的な毎日を送っていました。しかし、病気が見つかり、近くの病院で抗がん剤療法を受けるようになりました。その治療が嫌で、当院に通院するようになったのです。

「人生はこの一度きり、死んだらそれでおしまい、だから私は頑張るの」が口癖だったそうです。面倒を見ていた娘さんは、母親とは対照的に死後の世界をしっかりと信じている方でした。

Nさんは体が弱るにつれ、次第にイライラが昂じていきました。どう対応して良いか分からず、とてもつらそうな娘さんに、私は、以下のような話をしました。

- 死への恐怖がどんなに強くても、最後には平穏になる患者さんが多い。
- 旅立ちの直前、やけにはっきりとすることがある、そのときは、要注意。旅立つ前日に、神様に会ってきた、と語る人もいた。
- どこか遠くを見つめるような視線となり、こちらに見えてないものが見えているのでは、と感じることがある。

さて、Nさんが亡くなる前日のことでした。もうろうとしていたにもかかわらず、Nさんは、いきなり目を開きはっきりと、〝係りの人がまだ来てないんですって、皆が待ってるのに〟と言ったそうです。

よく聞いてみると、「係り」というのは、Nさんをお迎えする係りのことだったのです。

Nさんは、そのあと、顔をあちこち動かし、窓の外を盛んに気にするようになったと言います。

その姿をみて、娘さんは、私の話をはたと思い出したそうです。

最後の言葉は、〝生まれ変わったら……〟でした。その日の夜、静かにNさんは息を引き取りました。

娘さんは、〝あの見えない世界を否定し続けた母が……〟、と思うと、哀しみはあるものの、感激で胸がいっぱいになったそうです。

〝好奇心の強かった母は、きっと先々のことを向こうの人から聞き出したのでしょう、そして、絵のことはまた次で続けよう、と納得したのではないでしょうか、今頃皆で楽しく語らっているのでしょう〟、と娘さんは、私に笑顔で話してくれました。

見えない世界があるのかないのか、それはさておきましょう。ただ、そのような視点を持つことにより、旅立つ直前の不可思議な行動が腑に落ち、悲しいはずのお別れの場面が、究極の癒しになることもあるのです。もうそれだけでも充分じゃないか、と私は思います。自分が、行いたかった看取りの一つの形がここにあります。ご家族を見送った後、私は一人しみじみと感動に浸りました。

科学的に正しいのかどうか、ということよりも、医療の現場ではもっと大切なことがあるのではないか、それが私の正直な感想です。医療をここまで進化させた科学は素晴らしいものではありますが、やはり心へのアプローチが十分とは言えないと思うのです。

この世でのお務めを果たされ、旅立とうとしている大切な人の気持ちを、いかに受け取ることができるか、その思いが、いかに突拍子もないものだとしても、しかと受け止め、共有することが、送る側の務めであるのかもしれません。その行為が、ひいては自らの癒しにつながることもあるのですから。

武士道精神を現在に生かす

本書で繰り返し取り上げてきた「生死一如《しょうじいちにょ》」、つまり、死を見つめれば現在の生が輝く、生と死はひとつながり、と考える東洋の叡智は、そのまま〝武士道といふは死ぬこととみつけたり〟という葉隠の一節に繋がります。生死一如は、世界に誇るべき我が国の文化である武士道精神の根幹の一つを成すと言ってもよいでしょう。

生死が渾然一体となったこの東洋的一元論を受け入れることができれば、あの世へ持っていけない俗世的な物質や金への執着は自然と消えていきます。なにより物は有限であるのに対し目に見えない世界は無限です。物欲から離れ、目には見えないけれど尽きることのない心の豊かさを追い求めれば、人間は美しく生きることが出来ます。

それでは、心の豊かさ、満足感とはなんなのでしょうか、それは現世での名誉や物質欲ではなく、他人の幸せのために尽くす利他の志に他なりません。その上で、生かされていることのありがたさに気づき、感謝をする、そうすればおのずと謙虚な気持ちが芽生え、行動も変わってくることでしょう。人間が最も力を発揮でき満足することができるのは、利他の行いをするときです。この利他の行為こそは、誰にでも心の奥底に備わるとされる仏性のひとつ「慈悲心」により引き起こされる振る舞いであり、人間を最も喜ばせ、偉大な力を発揮させるのです。

現世での名誉や、物質欲を手放し、人民を第一に考え、部下を救うためであれば潔く責任を取る、腹を切ることもためらわない、この武士道精神を支えるものが、他人の幸せのために尽くす利他の志なのです。

大森貝塚の発見で知られるエドワード・モースは、晩年30年以上前のスケッチをもとに、『日本その日その日』を出版しています。その中で、モースは、日本人の礼節、道徳心の高さをたたえ、人々が正直である国にいることは実に気持ちが良い、と述べています。震災後に世界を驚嘆させた日本人の行動は、江戸時代においても外国人を感動させているのです。

モースや米国領事ハリスの通訳を務めたヒュースケンなど、維新直後に来日した外国人たちが、一様に驚いたのは、幸せそうな日本人、とりわけ子供たちの表情でした。モースは、世界中で日本ほど子供が大切に扱われている国はないとまで述べています。決して豊かでも便利でもないけれど、限りあるものを分かち合いながら、人々が幸せに暮らしていた平和な時代が偲ばれます。

欲まみれのエゴを超えた利他、分かち合いの精神と調和に溢れた社会こそは、かつてのサムライたちが興し、幕末から維新にかけて日本を訪れた外国人が賞賛した江戸の街です。武士道精神が心の奥底に流れる日本人が真に追い求める「現世の涅槃」だったのです。黒澤明監督が、映画「夢」の最終エピソードで描いた水車のある村、そのものの世界が江戸だったのです。

残念ながら、日本人は、毎年多くの自殺者を出し、子供達への虐待のニュースが引きも切らない社会を作り上げてしまいました。明治維新以後、西欧化の波の中で、日本人が失った美徳が、いかにかけがえのないものであったのか、今更ながら痛切に感じざるをえません。

しかし、日本人の美徳はまだ、消え去ったわけではありません。

米国人の国際弁護士ケント・ギルバート氏と参議院議員山谷えり子氏は、月刊誌「致知」２０１６年８月号の対談において、ハーバード大学の授業で、日本の「新幹線お掃除劇場」が取り上げられ、絶賛されていることを紹介しています。清掃スタッフが、僅か数分で車内を綺麗にし、きちんとホームに並んで挨拶をする様子が、あたかも劇場のようだと注目を集め、さらには、日本人は、なぜ、人のためにあそこまで喜びをもって生き生きと働けるのだろうと、学生たちを驚嘆させているのだそうです。東日本大震災の時とまったく同じで、日本人にとっては当たり前の事が、外国では絶賛されているのです。ギルバート氏は、アメリカの世論で、日本の好感度がトップであることにも言及しています。

残念なことに、このようなニュースはメディアではほとんど報じられることはありませんが、日本人の美徳は、決してまだ失われてはいないのです。日本人は、もっと自信を持って良いのではないでしょうか。今こそ日本人は誇りを取り戻さなければならないのです。今ならまだ間に合う、私にはそう感じられます。

日本人が持つ道徳観の根底に流れるものは、新渡戸稲造が説いたように、やはり武士道精神であると思います。この武士道の起源は、武士が「もののふ」とも呼ばれているように、「物部氏」に遡るとも言われています。

「物部氏」とは、物部「もの」を担当する技能集団、いわゆる「物部《もののべ》」が、転化したともいわれていますが、作家の戸矢学氏は、物部のこの「もの」が意味するものは、二つあると述べています。

一つは、「武器・軍人」の意で「もののふ・武士」に繋がります。もともと鍛鉄を支配する一族であった物部氏は、金属製の武器を造り、軍事で頭角を現しており、武士の祖にふさわしいと言えるでしょう。

また、もうひとつの「もの」は、もののけから連想されるように「鬼神、神」を扱う神祇祭祀を表します。古代の祭祀は、縄文時代以来の原始宗教に、渡来の思想や風習が加わり成立したと考えられています。

このように、「物部氏」は、古来統治者の権力の拠り所となっていた「祭祀」、「軍事」、「経済」の

3本柱のうちの2つまでを担っていました。「祭祀」、「軍事」を担当する物部氏が、武士の流れを作ったのであれば、武士道にも、この二つの要素が受け継がれていったことでしょう。

そうであれば、武士道とは、決して闘うことのみを求める思想ではなく、縄文時代以来の宗教の流れをくむ道徳でもあるのです。その歴史の積み重ねから、〝武士道といふは死ぬこととみつけたり〟という思想が生まれてきたのでしょう。

死から逃げることなく受け入れ、穏やかに澄み切った心境に至った末期がんの患者さんたちは、私に人生で大切なものは何か、ということを教えてくれました。私は、その患者さんたちの毅然とした態度に武士道と通じ合うものを感じています。死を肯定的にとらえることは、そのまま人生を肯定することにつながるのです

人生の終末に近づいた人たちが抱く感情のなかで、最も多いのは「やりたいことをやっておけばよかった」という後悔と言われています。しかし、私たちがこの災害の多い日本列島の上で暮らし、明日の命をも知れぬ身であるなら、その後悔は、自分たちが、今のこの一瞬に感ずべきことです。先のことを心配して躊躇《ためら》ったり、周りに気兼ねして自分が本来行いたいことを我慢する生き方は、後悔を残す生き方の典型であると言えます。

では、「後悔を残さない、生き切る」とは何か、といえば、それは、利他の実践に他なりません。人間を最も喜ばせ、偉大な力を発揮させる利他の行いです。利他の思いとともに人生を生き切れば、

必ずや穏やかな死の受け入れにも繋がっていくことでしょう。本章の前半でご紹介したコリン・キャンベル博士の行動は、まさに利他に基づいた行為であり、金銭を目的としていたら、まったく違ったものになっていたことでしょう。利他の心は、洋の東西を問わず、もっとも人間を輝かせてくれるものなのです。

「露とおち　露と消えにし
わが身かな
難波のことも　夢のまた夢」

貧しい農民の倅《せがれ》から、一躍、天下人に上りつめ、栄華を極めた男、豊臣秀吉の辞世の句です。なんともうら寂しい、哀感の漂う句です。

立志伝中の人物のなかでも彼の異例の出世ぶりは傑出しています。世界広しといえど、彼ほどの成功者は少ないといえるでしょう。しかし、世に生まれた者なら誰もが望むであろうものすべてを手にした秀吉ですが、決して満足して旅立ったわけではないようです。

太閤としての威厳もどこへやら、あのきらびやかな難波での生活は、死んでゆく自分には何の意味もない、人生は夢のごとし、自分の身は露のようにちっぽけなもの、自分の人生は夢のように儚いものであった、最後の時を迎えようとする秀吉の心中に去来する空しさ、悲痛は察するに余りあります。

秀吉が手に入れた地位、名誉、金、財産、享楽などとはまったく縁がなくても、一介の市井人としての人生を全うし、愛する妻、子どもや孫に囲まれて、満足しながら生涯を終える方が幸せなのかもしれません。この句から、私たちが学ぶべきものは多いように思います。

今を生きているだけでも奇跡、ものすごいことなのです。命あるこの貴重な一瞬一瞬を、利他の思いを大切にしながら精一杯生き抜き、見えない心の豊かさを求めていけば、人は死、消滅の苦しみから自然と遠ざかっていけるのです。

本当に、大切なものは目に見えない、サンテグジュペリの星の王子さまの言葉が重なってきます。人生を満足して終えることができるかどうか、その選択をするのは自分自身、そして生きがいに溢れた一生を送るためのスタートを切るのは今この時からです。

ジョン・レノンのイマジン ——ワンネスの実現へ

満足して人生を終えるために、まず行うべきことは、価値観を目に見えるものから目に見えないものにシフトさせることと考えます。言い換えれば、俗世的な金、物、名誉などではなく、心の豊かさを求めて行動することです。心の豊かさとは何かといえば、繰り返しにはなりますが、人のお役に立てるような利他の行動に、喜び、ワクワク感を感じることに他なりません。目に見えるものや金にこだわっても決して、人は幸せになれません。世俗的な地位、金などは人生の手段であっても決して目的にはなりえないのです。今の荒れた社会を見れば一目瞭然、もう私たちは、そのことに気付かなければなりません。

イマジン（詞・曲　ジョン・レノン：1971年）

Imagine no possessions　想像してみようよ　何も所有しないってことを
I wonder if you can　君なら出来るはずだよ
No need for greed or hunger　欲張ることも、飢えることも無いんだよ
a brotherhood of man　人類はみんな兄弟なんだ
Imagine all the people　想像してみようよ　みんなが
sharing all the world...　世界を分かち合ってる姿を

You may say I'm a dreamer　僕のことを夢想家だと言うかもしれないね
but I'm not the only one　でも、僕一人じゃないよ
I hope someday you'll join us　いつか君も仲間になって

and the world will live as one　　そして世界はきっとひとつになるんだ

IMAGINE

Words and Music by John Lennon
© by LENONO MUSIC
Permission granted by FUJIPACIFIC MUSIC INC.
Authorized for sale in Japan only.
JASRAC 出 1612860 - 601

「イマジン」は、１９８０年に凶弾に倒れた元ビートルズのジョン・レノンの代表作です。今から45年前に世界で大ヒットし、今でも多くの人に愛されている名曲です。当時は、歌詞の意味が良く理解できませんでした。しかし、この曲には、これからの時代に必要な、とても大切なメッセージが含まれていることに、最近になってようやく気が付いたのです。

仏教の「縁起」の考えによれば、物事には必ず原因と結果がある、すべては独立に存在しているのではなく、お互いに繋がり、関わりあいながら存在しているということになります。ジョンが言うところの、the world will live as one、つまりワンネスです。ということは、情けは人の為ならず、という諺があるように、良いことをすれば、その行為は、まわりまわって自分を助けてくれることにもつながります。

逆に言えば、いかなる苦しいことが起ころうと、すべての原因は自分に起因している、けっして人のせいになどしてはならない、相手がどんなに怒りをおぼえるようなことをしようとも、それはすべて自分の気づきのために必要なこと、すべては自分に原因がある、ということにもなってきます。さらに、仏教的世界観では〝個々は全体に属し、全体は個々に属す、すべてはつながっている、「私たちと彼ら」ではない、「私たち」にすべてが含まれる〟と説きます。この教えに従うと、これまでは、自分の国さえよければ、他の国に勝たなければ、と考えられがちでしたが、しかし、すべての国はつながっており、影響しあい、相互依存していることになります。つまり、資源、環境などすべての問題は、自分たちだけの問題ではなく、世界はひとつという考えのもとに解決していくことが必要になってきます。

さらにいえば、仏教では、動物も植物も人間と変わらないものと考え、生きているものすべてを、衆生《しゅじょう》、有情《うじょう》と呼びます。命あるものはすべて大元でつながりあっているというこの教えは、神と人をきっぱりと分ける西洋にはありません。これまでは、自然も植物も動物も、人間のために利用されてきた側面がありますが、これからは「一切衆生」、つまり生きるものすべてはみな一緒、お互いに生かし合い助け合う、という考えのもとに、これまでの生き方を見直す必要があるように思います。「一切衆生」に基づいた生活は、究極のエコロジーにつながるはずです。エゴから離れ、周りとの繋がりを意識することができれば、人生もずいぶんと変わったものになるのではないでしょうか。私たちは、誰もが一人ではないのです。

「縁起」は、人生を生きていくうえでのさまざまな智慧に溢れた奥深い教えといえるでしょう。「イマジン」は、この仏教的世界観を見事に歌い上げた曲のように私には思えるのです。

仏教の教えの中で、慈悲の心、菩提心と言葉を変えながら繰り返して説かれる心こそが、エゴの対極である愛、利他です。すべてはつながっているのですから、他人を苦しめることは、めぐり巡って自分を苦しめ、逆に、他者の幸せを願う行動は、自分の幸せになるのです。

我々の心は、互いに利他、愛を実践することによって輝き元気になります。心を喜ばせ元気にさせるよう行動していくことは、個人の健康のみならず、健全で暖かい社会の育成にもつながるはずです。なにより、目に見える物質は有限ですが、目に見えない心は無限の広がりを持っています。我々は、限りある物や金を充足させることより、目には見えないけれど無限大の可能性を持つ心の幸福を追求していくように、価値観を大きく変えていかねばなりません。目に見えないこの心の豊かさは無限大、いくらでも豊かになることができます。あの世に持っていけないモノへの執着が薄れていけば、エゴや欲から離れ、心が穏やかになってくることでしょう。そのような心境で、人のために生き、心豊かにこの世を去ることができたらと思います。

今のままでは、この地球がまもなく立ち行かなくなることは火を見るより明らかです。非力な私たちができることはけっして多くはないのかもしれませんが、まずは自分の行動を変えることからすべてが始まります。人の考えを変えることは難しいですが、自分を変えることなら出来るはずです。

まず、自分が愛・利他に基づいて行動し、自分を生かす大自然に感謝を捧げ、自然との調和を目指すこと、例えば朝起きたら太陽に感謝し、散策など自然に親しむ習慣をつけ、空の輝きや美しい花に感動し、会う人に笑顔で挨拶し、毎日の仕事の中で人を喜ばせることを見出す、……なんでもよいですから、まずは自分を変える小さな一歩を踏み出してみましょう。分かち合いと感謝の心で行動する人が増えれば、社会は調和に溢れたものとなり、世界も変わっていくことでしょう。

人生が幕を閉じるまでは、私たちは間違いなく生きています。私たちを育んでくれる大自然に感謝しながら、生かされている貴重な人生の一瞬一瞬を、輝かせて生きなければもったいないと思います。

大切なことは、自分がワクワクし、他人も喜んでくれることは何かをもう一度考えてみることです。そして、もし自分が一番なにをしたいのかがわかったら、俗世のしがらみなど気にせず思い切って実行し、この世から旅立つ前に後悔を残さないことです。かけがえのない我が人生を、喜びと共に思い切り生き抜くことができれば、誰もが生き生きとしてきます。良く生きることイコール良く死ぬことです。死を見つめることは、けっして暗いことではなく、今の命を輝かせることに、繋がります。充実した人生を過ごすことができれば、いざという時も後悔なく潔く旅立てることでしょう。愛と調和の心で、人生を生き切る人が増えれば、人類の悲願、〝ワンネスの社会〟は実現できるはずです。

最後に、ジョン・F・ケネディ大統領の就任演説から、有名な一節を取り上げておきましょう。

「国が、あなたのために、何をしてくれるのかを問うのではなく、
あなたが、国のために、何をなしうるかを問うてほしい」

私たちは、混迷の時代の今こそ、この言葉を思い返す必要があるのではないでしょうか。幸せな未来を拓けるかどうかは、ひとえに、私たち一人一人が、この先どのような行動を選択するかにかかっているのです。

終章　戦争の世紀を越えて

二人の父

20世紀は戦争の世紀と言われます。戦後生まれの私にとっても、決して戦争は縁遠いものではありませんでした。零戦での飛行訓練中に伯父が命を落としたことは本文で述べた通りですが、父も、東京大空襲の晩、下町の亀戸という町にいて、激しい炎に囲まれ、絶体絶命の状況に陥りました。周囲から迫る業火に追われ、必死に逃げまどい、橋の下の川岸にうずくまって翌朝まで熱波を耐え抜いたといいます。途中で逃げ込んだ空地では、端の人から順番に、意識を失って倒れ始めたため、父はあわててその場から逃れたそうです。おそらくは一酸化炭素中毒による窒息だったのでしょう。まさに九死に一生でした。よくぞ生き残ってくれたものです。

その翌日、父は、黒焦げになった遺体が道路や川を埋め尽くす、まさに地獄のような光景を目の当たりにすることになります。その惨状について、父は生前多くを語ろうとしませんでした。ただ、〝あれ以来、神も仏もあるものかと思うようになった〟と折に触れ語っていました。

しかし、そうはいっても、亀戸の実家には、大きな仏壇があり、毎年お盆には父が飾りつけを行い、お寺から僧侶が読経のために訪れていました。また、お彼岸には、父は先祖のお墓参りを欠かさず、新年には、亀戸天神社や浅草観音に一緒に初詣に行きました。父のそのような習慣は、祖父から受け継がれたものでした。おそらくは祖父も、曾祖父から習ったことでしょう。多くの日本人にとって、神仏や先祖に感謝を奉げることはごく普通のことであったはずで、私自身も、このように、幼いころから、見えない世界を自然と受け入れられるような環境にいたのです。

父の晩年、前著『見えない世界の科学が医療を変える』が出版されました。私は、そのなかで量子論に基づき、身体もエネルギーであるなら、物理学の基本原則である「エネルギー保存の法則」により、死後にも何らかの形でそのエネルギーは残るのではないか、と論を進め、命の永遠性にも言及しました。死後には何もないと言い張っていた父でしたが、本心が違うところにあることはわかっていたので、私は思い切ってこの本を渡してみました。

父は最後まで、私に本の感想を語ることはありませんでした。ただ、姉には、〝優は医者のくせにあんなことを書いて大丈夫なのか〟、とぽつりと漏らしていたそうです。そんな折、私は、実家に帰った時に、〝死んでも終わりじゃないんだよね〟と父にそっと語りかけてみました。すると、父は、静かに一言〝そうだよな〟と頷き、軽く微笑んでくれたのです。なんとも短いやりとりではありましたが、私にとってはそれだけで十分でした。本を出版できて良かった、と私はしみじみとした感慨に浸りました。

それからまもなく、父は治る事のない病にかかり、死の床につきました。そして、出版記念パーティが行われるという日の早朝、自分で時を選んだかのように、そっと旅立ちました。

通夜は後日に予定されたため、その日の夜、記念パーティは、予定通り挙行されることとなりました。会の途中、司会者（女性歌手ユニット・コクーンのマネージャー、雨宮弘仁氏）のご配慮により、父のために黙とうを捧げる時間が設けられました。私は目を閉じていましたが、その瞬間、会場に光が降りてきたことを何人かの参加者が目撃していました。帰り際にそのことを告げられたとき、朝から堪えていたものがはじけたように、私はどうにも涙が止まらなくなりました。ついに、私に感想を語ることのなかった父ですが、気にはしてくれていたのでしょう。この日も、パーティの様子を見たくて、不自由な体から抜け出し、会場に来ていたのかもしれません。私は感激で胸がいっぱいになりました。２０１４年4月26日のことでした。

＊　　＊　　＊

89歳まで現役の開業医として働き続けた義父は、広島に原爆が投下されたあの日、爆心地からわずか30㎞ほどの距離の大竹市にいました。じつは、この大竹市には潜水基地があり、人間魚雷「回天」に乗り込む兵士の訓練が極秘で行われていました。義父は、海軍予備学生隊として、その訓練に参加していたのです。戦争が長引けば、当然「回天」に乗り込み出撃していたことでしょう。

義父は、朝日新聞「語りつぐ戦争」欄にこの時の体験を記事にして投稿しています。見事採用が決まり、掲載に必要となる本人の承諾をとるために、義父の携帯に担当者から繰り返し連絡が入りました。しかし、その時、義父は重篤な状態になっていて応答できませんでした。妻が、度重なる着信履歴に気付いたのは、義父が、この世を去ってからでした。掲載には本人の承諾が不可欠とのことで、残念ながら採用は見送りになってしまいました。現在、潜水基地の跡地には何も残っておらず、地元の人も潜水訓練が行われていたことは知らないのだそうです。担当者は、ぜひ大竹潜水基地についての取材もしたかった、と無念の思いを伝えてくれました。

義父の遺志を継いで、ここにその時の原稿から一部抜粋いたします。

「……1945年8月6日。横須賀に転属する者の送別式が午前8時に始まった。間もなく後方よりピカッと青白い光が走った。私は記念撮影かと思ったが、後方から撮影するのは不自然だ。最後列に並んでいた仲間は『後頭部が少し熱かった』と言った。しばらくすると、爆音と爆風の余波が来た。そよ風程度の余波だったが。

式後、振り返ると、広島市の方角に巨大な雲の柱が立っていた。『あれは何だ』『ガスタンクの爆発だ』『馬鹿な、ガスタンクの爆発くらいであんな大きな雲柱と爆音・爆風が起こるわけがない。火薬庫の爆発だ』『火薬庫なら延焼し爆発を繰り返すはずだ』と口々に言い合った。

原爆とわかったのは同日夜。それから数日間、隊は上を下への大騒動となり、政府の無条件降伏のうわさに激高し『奸を始末し徹底抗戦だ』という者まで現れた。……」

義父は、その瞬間の閃光と爆音、そしてその後に巻き上がった恐ろしいキノコ雲を、大竹の基地からはっきりと見ていたのです。30㎞離れてなお、爆発の熱を感じるとは、原爆の凄まじい威力に戦慄を覚えます。義父も、父と同じように、神仏は否定していました。二人の父は、あまりに命が軽々しく扱われる戦争を体験したことで、私たちには想像できない程の絶望感、無常観に捉われていたのかもしれません。

父が亡くなる半年前のこと、義父も、頑張り続けてきた一生を、家族に囲まれながら終えました。医師の大先輩として、私に身をもってさまざまなことを教えてくれました。医院を閉じてからわずか2年、91歳の大往生でした。

亡くなった直後、誰も触るはずのない部屋のナースコールが突然鳴りました。その場にいた一同は思わず顔を見合わせましたが、自分が亡くなったことに気付かずに、押してしまったのかもしれない、妻がポツリと漏らしました。そうだったのかもしれません。

支度も整い、斎場へと向かう車に乗せられる義父を、妻と二人で見送っているときのこと、私の目の前をきれいな光がさっと通り抜けていきました。初めは目の錯覚かと思いました。しかし、横にいる妻を見ると、やはり驚いたような目で私を見つめていたのです。見えない身体となった義父が、目の前を通りすぎていったのであろうことを私は感じ取りました。

「俺はここにいるぞ、まだ生きているぞ」

義父のそんな声が聞こえたかのようでした。義父も、そして私の父も、見えない世界や死後の世界など決して認めることはありませんでした。しかし、二人とも最後に、自分の命を使って、私にかけがえのないメッセージを残してくれました。死んでも終わりではないんだな、私は素直にそう思えたのです。

この地球の上で生きていること、生かされていることは当たり前ではなく感謝すべきことです。しかし、逆から見れば、死ぬまで生きているということは、当たり前の確かな現実です。生かされているこの限られた時間を、死に怖気づくことなく、悔いを残さないように、やりたいことをやり遂げ、来るべき時が来たら、二人の父のように堂々と旅立とう、これが今の私の心境です。

シャスタ山にて

三輪山に私を案内してくれた西田マコさんの主催により、２０１５年9月26日から27日にかけ、米国サンフランシスコで「からだ会議」が開かれました。この会議のメイントピックスは、施術師として世界を駆け回る杉本錬堂氏の講演や実演なのですが、その他に、胎内記憶の研究で知られる産婦人科医の池川明氏、耳ツボ健康法「神門メソッド」に関わる著書を出版されている飯島敬一氏をはじめ、私を含め数名が、ゲストスピーカーとして呼ばれていました。この「からだ会議」は、語学に堪能な海外在住の日本人女性たちによって、いま、世界中に広がりつつあります。日本全国で次々に行われている数々の講演が、才能あふれる「大和撫子」たちの見事な通訳を通じ、国境を

郵便はがき

料金受取人払郵便

鎌倉局
承　認
6170

差出有効期間
2025年6月
30日まで
（切手不要）

248-8790

神奈川県鎌倉市由比ガ浜 4-4-11

一般財団法人 山波言太郎総合文化財団
でくのぼう出版
読者カード係

読者アンケート

どうぞお声をお聞かせください（切手不要です）

書　名	お買い求めくださった本のタイトル
購入店	お買い求めくださった書店名
ご感想 ご要望	読後の感想 どうしてこの本を？ どんな本が読みたいですか？ 等々、何でもどうぞ！

ご注文もどうぞ（送料無料で、すぐに発送します） 裏面をご覧ください

ご注文もどうぞ

送料無料、代金後払いで、すぐにお送りします！

書　　名	冊 数

ふりがな	
お名前	
ご住所 （お届け先）	〒 郵便番号もお願いします
電話番号	ご記入がないと発送できません

〈 ご記入いただいた個人情報は厳重に管理し、
ご案内や商品の発送以外の目的で使用することはありません。 〉

今後、新刊などのご案内をお送りしてもいいですか?

はい・いりません

マルしてね!

越えて世界に賛同者を増やしている様子に大いに感激しました。

「からだ会議」の日程がすべて終了した9月27日の夜、サンフランシスコでは、月と地球が最も近づくスーパームーンと呼ばれる現象と、皆既月食が重なるという珍しい天体ショーを楽しむことができました。

通常よりもひときわ大きく明るい満月であるスーパームーンは、この日、世界中で観測可能でした。しかし、皆既月食を眺めることができたのは、ここカリフォルニア周辺だけだったのです。半分欠けた赤みを帯びた月を見ながら、私は、この瞬間にカリフォルニアにいられた幸せをしみじみと噛みしめていました。

その翌日、姉の友人である木下剛《たけし》さんのガイドで、カリフォルニア北部にあるネイティヴ・アメリカンの聖地、シャスタ山に向け出発しました。メンバーは、木下さん、姉夫婦と友人、私の総勢5名でした。

かつて、退行催眠を受けた時、私には、200年前のカリフォルニアに暮らすネイティヴ・アメリカンのビジョンが見えました。そんな私にとって、シャスタは、前々から一度行ってみたいと願っていた思い入れのある聖地だったのです。

シャスタ山の周辺は、水も空気も澄み渡り、どこもかしこも眩いばかりの光に溢れていました。写真で示しますように、マクラウドの滝をはじめ、いたるところで紫の光が私たちを歓迎してくれました。

私にとって最も印象的だったのは、シャスタ山の８合目にあるパンサーメドゥズでした。シャスタの守り神であるセントジャーメインが、パンサーに姿を変えて現れたと伝えられる湿原（メドゥ）で、この場所に湧き出る聖なる泉は、ネイティヴ・アメリカンにとって、生命の根源とされています。現在でも、周囲にはロープが張られ、立ち入りが制限されています。

その周りを歩いていると、ちょうど人が一人立てるくらいの平らな石が置かれていることに気付きました。私は、思わず、その前に佇み、この場に来られたことに深い感謝を奉げ、手を合わせて祈り始めました。すると、突然胸の奥底から湧き上がってくる強烈な感情に襲われて動揺し、立っていられなくなりました。思わず座り込むや、私は、目の前に近づいたその石に手を触れました。その途端、今度は、呼吸が荒くなり、咳きこみ始め、ついには込み上げる嗚咽《おえつ》を抑えきれなくなったのです。感情の発露するままに任せていると、今度は、閉じた目の瞼の裏に、なんと写真と同じ色の紫の丸い光が浮かんできたではありませんか。しばらくすると、気持ちの高ぶりが収まり始め、呼吸が楽になり、紫の光もふっと消えました。私はゆっくり目を開け、しばらく呼吸を整えてから立ち上がりました。

そばでその様子をじっと見ていた木下さんから、「浄化のエネルギーでしたね」と声をかけられました。勧められるままに、私は泉から湧く小川の水で、手、顔を清めました。

しばらく何が起こったのかわからず呆然としていましたが、気分が戻ってくるにつれ、ネイティヴ・アメリカンたちの深い哀しみが自分の中に一気に入ってきたことを悟りました。そして、白人が移住してきてからというもの、これまでずっと彼らが辿《たど》らされてきた苦難の歴史に思いが至ったのです。

彼らは、東部の居住地を奪われ、西部に追い詰められ、未開の野蛮人として、言葉や風習さえも奪われました。人間としてだけではなく民族としても抹殺されたのです。その過程は、我が国における縄文人と重なってくるように思えます。この出来事は決して過去のことではありません。現代の世界に目を転ずれば、今この瞬間にも同じように多くの民族が迫害され続けています。

有史以来、人類は、なんと長いこと残虐な歴史を刻み続けてきたことでしょう、その原因の多くは、自分と違う人種、文化を受け入れることなく拒絶し、自らの信ずるところを強制し、個人の利益や快楽を追求するエゴイズムに基づいているといってもよいでしょう。宗教的な紛争の原点も、自分の信条を押し付け、他を排斥するという点では、エゴイズムに他なりません。

世界の現状を見渡すとき、私は絶望的な感覚にとらわれます。しかし、この状況を造り上げたのがエゴイズムであるなら、その反対の行為が、世界を平和なものに変えることになるはずです。エゴイズムの反対は、愛、利他であり、この愛、利他から生じる行為が、調和と分かち合いです。

今人類が奪い合っている領土、資源、食料、支配権、いずれも有限です。誰かが得すれば、誰かが間違いなく損をする仕組みになっています。しかし、本文でも述べましたように、視点を目に見えない心に向け、心の豊かさを求めるようにしたらどうでしょう。目に見えない心は、無限の広がりを持っています。心を豊かにするには、繰り返しにはなりますが、まず利他、愛を実践し、心を輝かせることです。そこに争いは起きません。こんなことを言っても、理想論に過ぎないのかもしれませんし、すぐに社会は変わらないのかもしれません。しかし、このかけがえのない地球を住みやすいものに変えるためには、誰かが始めなくてはなりません。それは、ほかでもありません、私たち一人ひとりです。自分自身が考え方を変え、行動を変えれば、必ず誰かの心に響きます。その人が行動を変えれば、また誰かの行動が変わります。このような変化がつながっていけば、始めはゆっくりでも、ある程度の人数になれば一気に広がっていきます。これは決して空想ではありません。必ず現実化できることなのです。

パンサーメドウズからホテルに戻り、何気なく空を見上げると、はるか上空を悠々と飛翔する鷹の姿が目に入ってきました。その瞬間、私のまぶたに上原少尉の記念碑の上を鷹が旋回していた光景が思い浮かんできました。そして、私の中で、縄文人とネイティヴ・アメリカンの姿が重なったように思えたのです。私たちの訪問を歓迎してくれたかのようなその雄姿は、私の心に強い印象を残しました。

「スピリチュアリティ」という言葉があります。「霊性」とか「精神性」と訳されることが多いですが、私は、「神仏、超越的存在、先祖、心、魂など目に見えない神秘的存在を意識すること」、つまり、無限の広がりを持つ見えない世界にあるすべてのエネルギーとつながることと考えています。「スピリチュアリティ」に根差した生き方をすれば、私たちを活かす大いなる存在に思いが至り、生かされていることへの感謝、謙虚さが生まれてきます。そして、エゴが縮小し、他者との違いを素直に受け入れられるようになり、周りとの連帯感が増してきます。価値観の大転換が起きるのです。

一つの単語がカバーする範囲は、原語と訳語では違うことも少なくありません。この「スピリチュアリティ」という繊細な言葉を、幽霊などオカルトのイメージがどうしても否めない「霊性」に置き換えても、そのニュアンスは伝わっては来ないと私は思います。しかし、この「霊性」を、かつてこの国で使われていた「靈性」に置き換えるとどうでしょう。

雲に祈りを捧げ、雨ごいをする巫女の姿からこの「靈」という漢字が成り立ったとも言われています。この「靈性」を使うなら、見えない世界に満ちる宇宙のエネルギーとの繋がりを表すのには適しており、「スピリチュアリティ」の訳語としても、よりふさわしいように思えます。ですから、本書においても、「霊性」ではなく、わざわざ「靈性」という旧字体を選び、用いてきたのです。この「靈」という字をみると、私の脳裏には、剣山の旅で見た勇壮な祭祀岩の上で、祝詞を奉げる巫女の姿が思い浮かんできます。

太陽ネットワークを編み出し、自然との調和を図り、祈りと感謝を奉げる平和な文化を営み、1

万年以上の長きにわたり、継続してきたのが、世界に誇りうる縄文時代、この時代を一言で表すなら、この「スピリチュアリティ（靈性）を尊重し、見えない世界と共存する社会」こそが最も適切ではないでしょうか。

「おかげさま」と「おひかりさま」

ここで、日本人が大切にしてきた「おかげさま」という言葉について考えてみましょう。

第六章に登場された宮崎貞行氏は、著書『天皇の国師』のなかで、影は光の意味と述べています。

「世に『月影』といい、『星影のワルツ』などというではないか。古語でカゲとは光を意味しており、『月影』は月の光、『星影』は星の光ということだ。かぐや姫のカグ、火の神カグツチのカグも光を意味していた。天香久山のカグも同じで光の降り注ぐ山という意味だ。……してみると、『おかげさま』という言葉の本来の意味は『おひかりさま』ということであろう」

光も影も、そして善と悪も別々のものではない、ときとしてお互いに移り変わりゆくもの、なにより、影がなければ光があることすらわからない、お互い必要不可欠のもの、と説く仏法の教え「善悪不二《ふに》」から考えても、「おかげさま」は、「おひかりさま」と表裏一体といえます。

一方、小さな子どもが、お母さんのお腹の中にいたときの記憶を語る、いわゆる胎内記憶の研究で知られる産婦人科医の池川明氏によれば、〝雲の上にいるときは、丸い光の玉だったよ〟、〝ぼくね、光の友だちがたくさんいたよ〟など、生まれる前の記憶を語る子の中には、魂を光で表現する子どもが多いと言います。

この宮崎氏と池川氏の話が、私の頭の中で結びついたとき、私は思わずはっとし、目の覚めるような思いがしました。

もし、日本人が感謝を奉げてきた「おかげさま」が「おひかりさま」になり、光が魂を表すのなら、この「光・ひかり」こそが、私たちの本来の姿なのではないでしょうか。考えてみれば、二人の父が最後に見せてくれた姿も、まさに光そのものだったのです。

さらに言えば、私たちは誰もが、ワンネスの大元から生じた分魂《わけみたま》です。であれば、その万物の根源も「ひかり」に他ならない、ということにもなるでしょう。私たちは、生きている間は、「ひかり」の存在から生きるための力をいただき、死後はその煌《きらめ》きのもとで安らぎ、人生という壮大な旅で疲れた魂を癒すのです。二人の父も、Nさんも、今は光に包まれ、ゆっくりすごしているのかもしれません。

この大いなる「おひかりさま」こそが「おかげさま」であり、かつては、さんさんと輝く太陽《おひさま》がその象徴だったのではないでしょうか。「お天道《てんと》さま」という呼び名も、全宇宙を司る存在にふさわしいものといえるでしょう。

その昔、夏至線・冬至線を尊重し、日本列島中に築かれていた太陽ネットワークは、ほかでもない、大いなる「ひかり」の存在を崇め、感謝を奉げ、謙虚に生きる「おかげさま」ネットワークだったのです。ネイティヴ・アメリカンのスー族がワカン・タンカ（WAKAN・TANKA）と呼ぶ宇宙創造の真理も、大いなる「ひかり」の存在に重なる概念なのでしょう。

「何事の　おはしますをば　知らねども
かたじけなさに　涙こぼるる」（西行法師）

「おかげさま」に対するこの究極の感謝が、古くから日本人の心の奥深くにまで滲み込んでいる心情であることは間違いありません。加えて、主語のない独特の日本語という言語も、日本人の心の中のエゴを縮小させ、謙虚さを育んできました。縄文の昔から、日本列島、いやおそらくは、環太平洋地域に脈々と息づいてきた感謝に溢れた謙虚な生き方を、今一度思い起こし、世界に広げることが日本人に課せられた使命なのではないでしょうか。日本人には、縄文以来の「おひかりさま」と「おかげさま」の精神が、遺伝子の奥深くにまで刻み込まれています。その日本人の感性が、この先、戦争を過去のものとし、愛と調和に溢れた平和な21世紀を拓くためには、ぜひとも必要になるのです。

まさに、「日本の目覚めは世界の夜明け」です。

日本人は、先の大戦を含め、度重なる激甚災害にも決して屈することなく、ひたすら耐え抜き、自らの生き方をさらに高めてきたのです。多くの日本人が自らの特性に気づき、自信と誇りを取り戻すことに、世界の行く末がかかっていると私は考えています。

あとがき　ファンタジー

私の友人から聞いた話です。

その友人はベランダを訪れるＵＦＯに乗ってときどき宇宙を旅するのだそうです。

ＵＦＯの壁面は半透明で、内部から外の景色は見えるものの、外部からＵＦＯの中を覗くことはできません。ＵＦＯには、地球人と同じ姿をしたガイドが搭乗していると言います。

ある時、友人は、ついに宇宙の中心に連れて行ってもらうことができました。そこはひたすら美しい光と、愛のエネルギーに満ちあふれた素晴らしい場所でした。愛こそが宇宙根本のエネルギーだったのです。

また、そこでは、過去も未来も距離も関係なく、行きたいと思った場所に瞬時に移動できました。時空間を越えた世界だったのです。

すると、どこからともなく、とても綺麗な音楽が聞こえてきました。感激のあまり、その人は、演奏が終わるや、演奏者にもう一度奏でてほしいとお願いしてみました。すると、奏者は、答えました。

「宇宙には、もう一度はありません。あるのは前進、進化だけ、より良いものを求め想像力を高めることが宇宙の働きなのです」

その言葉を受け、ＵＦＯのガイドが続けて語りました。

「宇宙生命には、死は存在しません、男女も存在しません。あるのは永遠の命とこの瞬間だけです。そのなかで皆が進化を目指しているのです」

そばには、宇宙の地図らしきものがありました。地球がどこにあるのかをガイドに尋ねてみると、地球は、宇宙の中心から遠く離れた隅のほうにありました。ガイドはその地球を指さしながら、

「この地球は、実験的な意味合いも含めて創造されました。ここでは、他の宇宙にはない時間と二極化というものを定めました。つまり、地球には、過去や未来といった時間があり、男女、善悪をはじめとした様々な二分化された存在や感情があります。そして生も有限であり、地球には死が存在するのです。

地球に暮らすものは、その中でたくさんのことを学ぶことができるのです。地球のような実験的な星は、ほかにもあるのですが、地球は、ことのほかよくできた星で、進化をもとめて全宇宙からたくさんの人が生まれ変わりを求めて集まってくるのです。

しかし、地球に生まれることができるのはほんのわずかのひとだけ、選ばれた人は、大喜びで地球に向かいます」。なんでも、地球に生まれる確率は、宝くじの一等にあたるより、

はるかに、はるかに難しいとのことです。

ガイドは続けます。「この素晴らしい実験場である地球で、いとおしい、という感情が生まれました。残念ながら、地球に暮らしたことのないわれわれには、それがどんな感情かわかりません。地球に暮らした人間にしかわからないのです……」。

ごくごく当たり前に、いとおしいと感じることができる私たちは、なんと幸せなことでしょう。普段は地球に暮らしていることに感謝などしていませんし、ややもすると、なんで生まれてきちゃったんだろう、などとも思いがちです。でも、この地球に暮らせていることだけで、とんでもなく幸運なことなのです。そう、地球の上で呼吸をし、ただ生きているだけでも、ものすごいことなのです。

この話が嘘か本当かはわかりません。しかし、私は、思い返すたびなぜか、とても心が温かくなってくるのを感じます。もし事実ではないとしても、私にはなんらかの真実が含まれているように思えるのです。

毎日、毎日楽しいことばかりではありません。でも、悲しみ、つらさ、絶望を含め、日常湧き上がってくるすべての感情は、この地球の上で、肉体を持って暮らしているからこそ味わえるものです。もしもこの身体を離れた命が永遠にあるものだとしても、食べたり、飲んだり、怒ったり、悲しんだりできるのは今だけです。私たちは、喜怒哀楽といった宇宙では味わえないさまざまな感情を体感し、美味しい食事を楽しむためにこの地球に来ているといえるのかもしれません。

たまには、地球というテーマパークに生まれた幸せを、もう一度ゆっくり噛み締めてみませんか。毎日の当たり前の生活をもう一度見直し、感謝できるようになれば、生きることがもっと楽になるはずです。

謝辞

執筆に当たっては、目に見える友人や家族はもちろんのこと、柳澤常郎・茂の両伯父、義父・大沼茂次、父・長堀哲太郎をはじめ、でくのぼう出版社創業者の故山波言太郎様、そして本書の影のプロデューサーともいえる「海人族」やネイティヴ・アメリカンのスピリットたち……、このような見えない世界の存在からも、強力にバックアップされていたことを私は感じていました。あちらの世界にいるご一同の目に、本書がどう映っているのでしょう。はなはだ心もとない限りですが、私はすべてを出し切ることはできたと思います。ここに完成を伝えるとともに、私を支えてくれたすべての存在に深甚なる謝意を捧げ、筆を置かせていただきます。

最後になりますが、ここまでお読み下さいました皆様、拙著をお選びいただき、誠にありがとうございました。心より御礼申し上げます。

参考文献

・『見えない世界の科学が医療を変える』長堀　優（でくのぼう出版、2013）
・『「臨死体験」が教えてくれた宇宙の仕組み』木内鶴彦（晋遊舎、2014）
・『あゝ祖国よ 恋人よ――きけ　わだつみのこえ　上原良司』上原良司　中島博昭 編（信濃毎日新聞社、2005）
・『長崎原爆記』秋月辰一郎（日本ブックエース、2010）
・『体質と食物』秋月辰一郎（クリエー出版、2010）
・『ミクロ世界の物理学――生命・常温核融合・原子転換』高橋良二（朱鳥社、2002）
・『腸内細菌の話』光岡知足（岩波新書、1978）
・『食べること、やめました』森美智代（マキノ出版、2008）
・『葉隠』（現代人の古典シリーズ4）山本常朝、田代陣基 原著、神子　侃 編訳（徳間書店、1964）
・『飛練の記　柳澤常郎遺稿集』柳澤きぬ（表現社、1976）
・『詳説　日本史B』笹山晴生、佐藤　信、他（山川出版社、2015）
・『神字日文考』吉田信啓（中央アート出版社、1999）

・『先史海民考』吉田信啓（中央アート出版社、２００１）
・『縄文スーパーグラフィック文明』渡辺豊和（ヒカルランド、２０１６）
・『レイラインハンター』内田一成（アールズ出版、２０１０）
・『愛のことだま』山波言太郎（でくのぼう出版、２０１１）
・『日本語の美しい音の使い方』堤江実（三五館、２０１２）
・『世界に生きる日本の心――二十一世紀へのメッセージ』名越二荒之助（展転社、１９８７）
・『古代史疑・古代探求』（松本清張全集33）松本清張（文藝春秋、１９７４）
・『隠された十字架』梅原　猛（新潮文庫、１９８１）
・『失われた九州王朝』古田武彦（朝日文庫、１９９３）
・『古代の霧の中から』古田武彦（ミネルヴァ書房、２０１４）
・『〈聖徳太子〉の誕生』大山誠一（吉川弘文館、１９９９）
・『日本書紀の暗号』竹田昌暉（徳間書店、２０１３）
・『物部氏の正体』関　裕二（新潮文庫、２０１０）
・『日本古代史～謎と真説』関　裕二（学研パブリッシング、２０１３）
・『古代出雲』水木しげる（角川出版、２０１２）
・『逆説の日本史1　古代黎明編』井沢元彦（小学館、１９９３）
・『怨霊の古代史　蘇我・物部の抹殺』戸矢　学（河出書房新社、２０１０）
・『ニギハヤヒ　『先代旧事本紀』から探る物部氏の祖神』戸矢　学（河出書房新社、２０１１）
・『中国の研究者のみた邪馬台国』汪向栄 著、堀渕宜男 訳（同成社、２００７）
・『舞い降りた天皇』加治将一（祥伝社文庫、２０１０）

・『失われたミカドの秘紋』加治将一（祥伝社文庫、２０１４）
・『徐福と日本神話の神々』前田　豊（彩流社、２０１６）
・『シリウスの都　飛鳥』栗本慎一郎（たちばな出版、２００５）
・『栗本慎一郎の全世界史』栗本慎一郎（技術評論社、２０１３）
・『日本・ユダヤ封印の古代史』ラビ・マーヴィン・トケイヤー著、久保有政訳（徳間書店、１９９９）
・『日本書紀と日本語のユダヤ起源』ヨセフ・アイデルバーグ著、久保有政訳（徳間書店、２００５）
・『驚くほど似ている日本人とユダヤ人』エリ・コーヘン著、青木偉作訳（中経文庫、２００８）
・『古代日本ユダヤ人渡来伝説』坂東　誠（ＰＨＰ研究所、２００８）
・『日本とユダヤ　聖徳太子の謎』久保有政（学研パブリッシング、２０１４）
・『聖なる約束』赤塚高仁、舩井勝仁（きれい・ねっと、２０１４）
・『日本の始まりはシュメール』坂井洋一（ヒカルランド、２０１６）
・『ＤＮＡでたどる日本人10万年の旅――多様なヒト・言語・文化はどこから来たのか？』崎谷　満（昭和堂、２００８）
・『日本人になった祖先たち　ＤＮＡから解明するその多元的構造』篠田謙一（日本放送出版協会、２００７）
・『「見えないもの」を科学する』佐々木茂美（サンマーク出版、１９９８）
・『淡路ユダヤの「シオンの山」が七度目《地球大立て替え》のメイン舞台になる！』魚谷佳代（ヒカルランド、２０１４）
・『ガイアの法則』千賀一生（徳間書店、２０１０）
・『文明の研究――歴史の法則と未来予測』村山節（光村推古書院、１９８４）
・『四国剣山に封印されたソロモンの秘宝』栗嶋勇雄（学研パブリッシング、２０１３）

・『空海の秘密』今井　仁（セルバ出版、２０１６）
・『大師の入唐』桑原隲蔵（ゴマブックス、２０１６）
・『「いのち」の重み』細谷亮太、大下大圓（佼成出版社、２０１６）
・『欧米に寝たきり老人はいない』宮本顕二、宮本礼子（中央公論新社、２０１５）
・『病気を治せない医者』岡部哲郎（光文社新書、２０１５）
・『チャイナ・スタディー』T・コリン・キャンベル　トーマス・M・キャンベル著、松田麻美子訳（グスコー出版、２０１６）
・『禅のこころ　和のこころ』篠田暢之（戎光祥出版、２００７）
・『神との対話②』ニール・ドナルド・ウォルシュ（サンマーク文庫、２００２）
・『日本その日その日』エドワード・S・モース著、石川欣一訳（講談社学術文庫、２０１３）
・『武士道』新渡戸稲造（PHP文庫、２００５）
・『いのちつながる　松長有慶講演集』（高野山真言宗総本山金剛峯寺開創法会事務局、２０１２）
・『天皇の国師』宮崎貞行（学研パブリッシング、２０１４）
・『子どもはあなたに大切なことを伝えるために生まれてきた。』池川　明（青春出版社、２０１０）

長堀　優（ながほり　ゆたか）

一般財団法人 育生会横浜病院　院長

東京都生まれ　昭和52年東京・開成高校、昭和58年群馬大学医学部を卒業。同年横浜市立市民病院研修医、昭和60年横浜市立大学医学部第二外科（現・消化器腫瘍外科）入局。平成5年ドイツ・ハノーファー医科大学に留学（ドイツ学術交流会奨学生）、平成17年横浜市立みなと赤十字病院外科部長、平成20年横浜船員保険病院（現・JCHO横浜保土ヶ谷中央病院）副院長、平成27年現職に就任す。

日本外科学会指導医、日本消化器外科学会指導医、日本がん治療認定医機構がん治療認定医、信州大学医学部組織発生学講座・委嘱講師、日本ホリスティック医学協会理事など。

著書『見えない世界の科学が医療を変える　～がんの神様 ありがとう』（でくのぼう出版刊）

（平成28年11月現在）

日本の目覚めは世界の夜明け

〜今蘇る縄文の心

二〇一六年 一一月 二七日 初版 第一刷 発行

著　者　長堀 優

発行者　山波言太郎総合文化財団

発行所　でくのぼう出版
神奈川県鎌倉市由比ガ浜 四―四―一一
ＴＥＬ　〇四六七―二五―七七〇七
ホームページ　http://yamanami-zaidan.jp/

発売元　株式会社 星雲社
東京都文京区水道 一―三―三〇
ＴＥＬ　〇三―三八六八―三二七五

印刷所　株式会社 シナノ パブリッシング プレス

©2016 Yutaka Nagahori　Printed in Japan.

ISBN978-4-434-22701-1

見えない世界の科学が医療を変える

～がんの神様 ありがとう

長《なが》堀《ほり》 優《ゆたか》 著

定価 1404円（税込） でくのぼう出版 発行・星雲社 発売／四六判／ソフトカバー／208ページ

最先端の科学の行き着く先に東洋の叡智があった。死は決して敗北ではない。〝こころ〟の持つ限りない可能性を知れば、いのちはさらに輝く。がんをも含めた自分自身――、それを生かしている大自然の大いなる営みへの愛と感謝が、21世紀の新しい医療を大きく拓いていく。

目次より

第一章 こころの健康を考える
～病を医するは自然なり～
第二章 西洋医学は万能なのか
第三章 量子論の説く世界観とは
第四章 こころとがんについて
第五章 こころで身体は変わる
第六章 がんの医療を考える
第七章 東洋哲学と西洋医学が
新しい医療と新しい社会を拓く
桑原啓善先生に捧ぐ

推薦 村上和雄 博士（筑波大学名誉教授・遺伝子学者）
「たくさんの奇跡と感動がここにはある」

全国の書店でお求めいただけます。
（お急ぎの場合は、でくのぼう出版まで。送料実費ですぐにお送りします。☎0467-25-7707）